中华复兴之光
博大精深汉语

四大名著丰碑

鹿军士 主编

汕头大学出版社

图书在版编目（CIP）数据

四大名著丰碑 / 鹿军士主编. -- 汕头：汕头大学出版社，2016.1（2023.8重印）

（博大精深汉语）

ISBN 978-7-5658-2358-9

Ⅰ. ①四… Ⅱ. ①鹿… Ⅲ. ①古典小说－文学欣赏－中国－明清时代 Ⅳ. ①I207.41

中国版本图书馆CIP数据核字(2016)第015332号

四大名著丰碑　SIDA MINGZHU FENGBEI

主　　编：	鹿军士
责任编辑：	邹　峰
责任技编：	黄东生
封面设计：	大华文苑
出版发行：	汕头大学出版社
	广东省汕头市大学路243号汕头大学校园内　邮政编码：515063
电　　话：	0754-82904613
印　　刷：	三河市嵩川印刷有限公司
开　　本：	690mm×960mm　1/16
印　　张：	8
字　　数：	98千字
版　　次：	2016年1月第1版
印　　次：	2023年8月第4次印刷
定　　价：	39.80元

ISBN 978-7-5658-2358-9

版权所有，翻版必究

如发现印装质量问题，请与承印厂联系退换

前 言

党的十八大报告指出:"把生态文明建设放在突出地位,融入经济建设、政治建设、文化建设、社会建设各方面和全过程,努力建设美丽中国,实现中华民族永续发展。"

可见,美丽中国,是环境之美、时代之美、生活之美、社会之美、百姓之美的总和。生态文明与美丽中国紧密相连,建设美丽中国,其核心就是要按照生态文明要求,通过生态、经济、政治、文化以及社会建设,实现生态良好、经济繁荣、政治和谐以及人民幸福。

悠久的中华文明历史,从来就蕴含着深刻的发展智慧,其中一个重要特征就是强调人与自然的和谐统一,就是把我们人类看作自然世界的和谐组成部分。在新的时期,我们提出尊重自然、顺应自然、保护自然,这是对中华文明的大力弘扬,我们要用勤劳智慧的双手建设美丽中国,实现我们民族永续发展的中国梦想。

因此,美丽中国不仅表现在江山如此多娇方面,更表现在丰富的大美文化内涵方面。中华大地孕育了中华文化,中华文化是中华大地之魂,二者完美地结合,铸就了真正的美丽中国。中华文化源远流长,滚滚黄河、滔滔长江,是最直接的源头。这两大文化浪涛经过千百年冲刷洗礼和不断交流、融合以及沉淀,最终形成了求同存异、兼收并蓄的最辉煌最灿烂的中华文明。

五千年来，薪火相传，一脉相承，伟大的中华文化是世界上唯一绵延不绝而从没中断的古老文化，并始终充满了生机与活力，其根本的原因在于具有强大的包容性和广博性，并充分展现了顽强的生命力和神奇的文化奇观。中华文化的力量，已经深深熔铸到我们的生命力、创造力和凝聚力中，是我们民族的基因。中华民族的精神，也已深深植根于绵延数千年的优秀文化传统之中，是我们的根和魂。

中国文化博大精深，是中华各族人民五千年来创造、传承下来的物质文明和精神文明的总和，其内容包罗万象，浩若星汉，具有很强文化纵深，蕴含丰富宝藏。传承和弘扬优秀民族文化传统，保护民族文化遗产，建设更加优秀的新的中华文化，这是建设美丽中国的根本。

总之，要建设美丽的中国，实现中华文化伟大复兴，首先要站在传统文化前沿，薪火相传，一脉相承，宏扬和发展五千年来优秀的、光明的、先进的、科学的、文明的和自豪的文化，融合古今中外一切文化精华，构建具有中国特色的现代民族文化，向世界和未来展示中华民族的文化力量、文化价值与文化风采，让美丽中国更加辉煌出彩。

为此，在有关部门和专家指导下，我们收集整理了大量古今资料和最新研究成果，特别编撰了本套大型丛书。主要包括万里锦绣河山、悠久文明历史、独特地域风采、深厚建筑古蕴、名胜古迹奇观、珍贵物宝天华、博大精深汉语、千秋辉煌美术、绝美歌舞戏剧、淳朴民风习俗等，充分显示了美丽中国的中华民族厚重文化底蕴和强大民族凝聚力，具有极强系统性、广博性和规模性。

本套丛书唯美展现，美不胜收，语言通俗，图文并茂，形象直观，古风古雅，具有很强可读性、欣赏性和知识性，能够让广大读者全面感受到美丽中国丰富内涵的方方面面，能够增强民族自尊心和文化自豪感，并能很好继承和弘扬中华文化，创造未来中国特色的先进民族文化，引领中华民族走向伟大复兴，实现建设美丽中国的伟大梦想。

目 录

三国演义

史实基础上的英雄演义　002
精彩的人物形象塑造　009
三国演义的语言艺术　025

水浒传

034　从军经历为小说添彩
042　小说中豪侠形象的塑造
052　小说的语言艺术特色

西游记

取经引发西游故事　058
奇幻多彩的人物形象　062
极具趣味的故事情节　073

红楼梦

088　曹雪芹诞生贵族家庭
094　生活阅历融入小说
105　诗词曲赋的艺术价值
116　独具匠心的艺术结构

三国演义

　　《三国演义》，元末明初小说家罗贯中著，为我国第一部长篇章回体历史演义的小说，历史演义小说的经典之作。

　　《三国演义》以描写战争为主，反映了蜀汉、魏、吴3个朝廷的政治和军事斗争，反映了丰富的历史内容，人物姓名、地理名称、主要事件与《三国志》基本相同。

　　《三国演义》一方面反映了真实的三国历史；另一方面，根据明代社会的实际情况对三国人物进行了一定程度的夸张、美化、丑化等，它不但比较真实地反映了三国历史的真实面貌，还反映了许多明代社会内容。

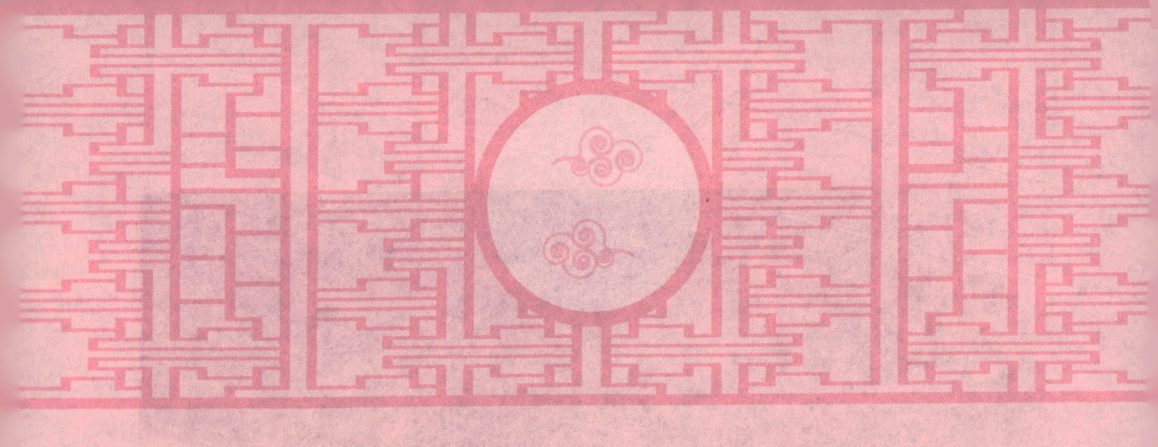

史实基础上的英雄演义

西晋时期，史学家陈寿著有《三国志》65卷，记载了汉代末期三国时期魏、蜀、吴三国纷争的历史，内中有诸多的三国时期的历史名人。后来，南宋时期史学家裴松之又为《三国志》作注，名为《三国志注》。

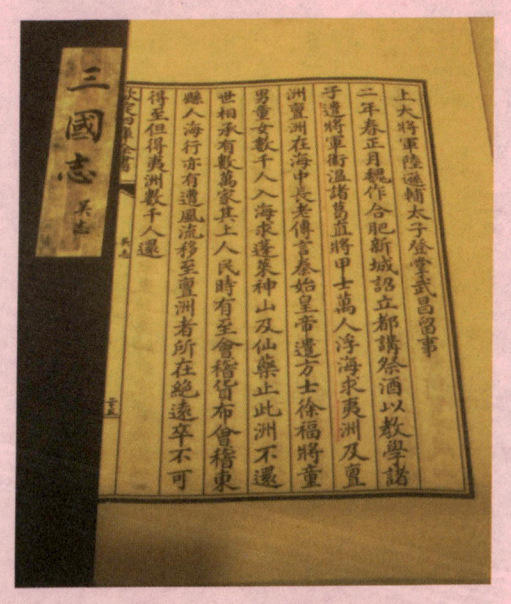

《三国志注》引用的史传杂记达210多种，资料极为丰富。其他的一些野史杂记也记载了许多三国人物和故事，如南北朝时期文学家刘义庆的《世说新语》，就记录了三国人物的许多轶事，其中有很多关于曹操的轶事，如乔玄评曹、曹劫新妇、祢衡遭谪、铜雀储妓、孔融被收、杨修恃才、望梅止渴、梦中杀人

和借头止惑等。

　　隋代以前，三国的人物和故事也仅仅出现在史书当中，但从隋代开始，有关三国人物的故事开始流传于民间，其流传的形式又分为戏曲系统和说话系统。

　　从隋代开始三国故事就逐渐浸透到民间戏曲的创作中，据隋代杜宝的《大业拾遗记》记载，三月初三上巳节，隋炀帝在曲江池大会群臣，观看"水饰"，即水上杂戏，其中就有曹操谯水击蛟、刘备檀溪跃马等内容。

　　唐代搬演三国故事的戏曲也很多，从唐代诗人李商隐的诗句"或谑张飞胡"可知，此时张飞面部的戏曲扮相已经开始定型化。

　　宋金时期，无论是在宫廷还是在民间，戏曲已经成为人们普遍喜

爱的一种文艺形式，三国人物和故事就是其中普遍受到欢迎的题材之一。

当时的戏剧就喜欢搬演"魏、蜀、吴三分战争之象"。宋金时期杂剧中也有不少表演三国故事的。元代人陶宗仪的《辍耕录》记载宋金时期杂剧剧本时，就列举了《刺董卓》《蔡伯喈》《襄阳会》《骂吕布》《大刘备》《赤壁鏖兵》等三国故事剧目。

宋代的戏曲繁盛的同时，说话技艺非常繁荣，而三国故事成为"讲史"说话的重要题材之一。据宋代文学家孟元老的《东京梦华录》记载，北宋时期汴京的勾栏瓦舍中还出现过一位专说三国故事的著名说话艺人霍四究。

至元代，民间说话中讲说三国故事更普遍。存留下的唯一关于三国故事的说话话本，就是1321年至1323年的新安虞氏书坊刊印的《全像三国志平话》。

这是古代民间说话中三国故事的集大成之作，它在结构布局、情节框架、思想倾向以及人物造型诸方面已经初具规模，在三国故事的流传过程中，起着承前启后的作用。而在元代，戏曲中的杂剧成为一代文学的主流，三国戏更是成为其中很重要的一个类型。

在元代文学家钟嗣成的《录鬼簿》、元代杂剧作家贾仲明的《录鬼簿续编》等书中，都记载了大量的三国题材的杂剧。如元代著名杂剧作家关汉卿的《单刀会》与《西蜀梦》、元代戏曲作家高文秀的《襄阳会》、元代杂剧家郑光祖的《三战吕布》与《王粲登楼》、无名氏的《火烧博望屯》《美女连环计》《千里独行》《隔江斗智》《桃园结义》等。

至元代中期，由于灭宋战争的创伤逐渐地平息，社会的经济、文化重心也开始由北方转移至南方。南宋时期的故都杭州，不仅成为人口云集、商业发达的繁华城市，也成为戏剧演出和说话艺术发展的重要中心。

因此，不少北方的知识分子、书会才人，如关汉卿、郑光祖等，都先后迁徙至杭州一带。身为小说兼杂剧作家的罗贯中，也必然受到这一社会潮流的影响，成为这类南

迁作家中的一个。

至元末明初，一个名叫罗贯中的人来到杭州。他外号"湖海散人"，寄寓着漫游江湖、浪迹天涯的意味。他来到杭州后，找至志同道合的朋友，而且他对民间文学又极其喜爱，所以不愿离开远去。

1360年左右，罗贯中来至张士诚那里做客。但是，张士诚并不重视知识分子，也不听取他们的意见。至1363年，刘亮、鲁渊等人纷纷离去，不久，罗贯中也离开了张士诚，再次北上。

至1366年，已是50多岁的罗贯中回至杭州，根据西晋史学家陈寿的《三国志》，以及南朝宋史学家裴松之的《三国志注》，又参照了大量的有关三国人物故事的民间传说和民间艺人创作的话本、戏曲，并结合自己丰富的生活斗争经验，融会贯通，开始创作《三国志通俗演义》。

至1370年，罗贯中已写了12卷，之后卷数的写作，是1371年以后的事了。在罗贯中写作《三国志通俗演义》期间，施耐庵从苏州迁移到兴化，并在1370年逝世。为了纪念他的师友施耐庵，罗贯中在完成《三国志通俗演义》之后，决定加工、增补施耐庵的《水浒传》。

在加工、增补《水浒传》的同时，罗贯中继续创作历史演义系列作品。罗贯中在创作完了这些作品以后，已是60多岁的老人了。

《三国志通俗演义》完成之后，罗贯中为了出版这些作品，于1380年左右从杭州来至福建，因为当时福建的建阳是出版业的中心之一。但是，罗贯中的这一目的未能实现。大约在1385年至1388年间，罗贯中在宋代民族英雄文天祥的故里庐陵逝世。

罗贯中是一个有理想抱负并有一定政治军事斗争经验的人物，其才学、见识、思想高于当时一般的封建文人。最为关键一点是其所处的时代背景，在元末明初、异族统治与社会动乱的背景下，民族统一的思想十分强烈，这也是其改写、创作《三国演义》的思想基础。

罗贯中的鸿篇巨制《三国演义》，描述了从184年的黄巾起义，至280年统一中国的将近一个世纪中，魏、蜀、吴三国间的政治和军事斗争历史。

赤壁战后，曹操进兵关中，打败韩遂、马超，占有凉州。215年，又进兵汉中，张鲁投降，次年，曹操称"魏王"。220年，曹操死，其子曹丕废汉献帝，自称皇帝，改国号为"魏"，都洛阳。

刘备借赤壁之战的胜利，占有荆州南部武陵、长沙、桂阳和零陵4郡，并从孙权手中借得南郡部分地区。

214年刘备西攻益州取胜，自领益州牧。219年，刘备大将黄忠破斩曹军降领夏侯渊，夺取汉中，刘备自称"汉中王"。221年，刘备在成都称帝，国号汉，史称"蜀汉"。

孙权在赤壁战后重点向南发展。210年，派步兵鹭向岭南进军，占据交州。次年，孙权将都城从京口迁到秣陵，并建石头城，改名建业。222年，孙权称"吴王"，229年正式称帝，国号吴，都建业。

知识点滴

罗贯中著《三国演义》原稿今已不传。存留下来最早的刊本，是1496年明代弘治甲寅年庸愚子作序、1522年刊印的《三国志通俗演义》，世称"嘉靖本"。

全书24卷，分240则，题为"晋平阳侯陈寿史传，后学罗本贯中编次"。明代末期整理的《李卓吾先生批评三国志》本，将"嘉靖本"240则合并为120回。清代康熙年间，毛纶、毛宗岗父子对嘉靖本做了较大的加工修改及评点，使小说结构更完整，文字更畅达，艺术形式更加完美。

精彩的人物形象塑造

《三国演义》最重要的艺术成就是罗贯中成功塑造的那些鲜明生动的人物形象,全书写了千余人,其中主要人物都具有鲜明的性格特征,刘备的仁义、曹操的奸诈、关羽的忠义、张飞的勇猛、诸葛亮的足智多谋、周瑜的忌才妒能、孙权的委曲求全、袁绍的优柔寡断等。

对于小说中人物形象的塑造，作者罗贯中善于抓住人物的个性特征，注重人物相貌、神态及语言的描写，使用对比、衬托、夸张的方法展现人物形象，使人物个性鲜明生动。

《三国演义》使用相貌、神态、语言等白描手法塑造人物形象，勾勒出一位位鲜活的人物形象。首先，《三国演义》中人物出场便通过相貌的描写来展现了人物性格，如第一回中张飞的出场是这样描述的：

玄德回视其人，身长八尺，豹头环眼，燕颔虎须，声若巨雷，势如奔马。

……

豹头环眼，燕颔虎须

一句"声若巨雷，势如奔马"便将一个莽撞的张飞形象展现出

来。第二十八回描写诸葛亮出场的时候,是这样描写的:

身长八尺,面如冠玉,头戴纶巾,身披鹤氅,飘飘然有神仙之慨。

这句话写得惟妙惟肖非常传神,并且与后文关于他智略的描述相互辉映,宛然成章。在描写关羽的时候写道:

身长九尺,髯长二尺;面如重枣;唇若涂脂;丹凤眼,卧蚕眉,相貌堂堂,威风凛凛。

短短30个字把关羽的形象完美的呈现到人物面前，透过这些描写，可以体会到一团团英雄的气息正慢慢接近。

《三国演义》通过对人物细致的语言与神态描写对人物个性特征加以渲染、突出。其中对于"张飞怒鞭督邮"这一段是这样描写的："张飞大怒，睁圆环眼，咬碎钢牙，滚鞍下马，径入馆驿。把门人那里阻挡得住，直奔后堂，见督邮正坐厅上，将县吏绑倒在地。张飞大喝：'害民贼！认得我么？'"

"督邮未及开言，早被张飞揪住头发，扯出馆驿，直至县前马桩上缚住；攀下柳条，去督邮两腿上着力鞭打，一连打折柳条十数枝。"

通过上述这段文字，可以清晰明澈地了解张飞直爽火爆的性格。书中两处对关羽形象的塑造：云长曰："吾于千枪万刃之中，矢石交攻之际，匹马纵横，如入无人之境；岂忧江东群鼠乎！"

这句话采自《三国演义》第六十六回，是关羽单刀赴会前和属下的对话。字里行间，关羽矜傲高扬的神态流露无遗，浩浩荡荡，气势不凡。

在《三国演义》第七十六回"徐公明大战沔水关云长败走麦城"中，对关羽还有这样一段描写：

关公正色而言曰："吾乃解良一武夫，蒙吾主以手足相待，安肯背义投敌国乎？城若破，有死而已。玉可碎而不可改其白，竹可焚而不可毁其节，身虽殒，名可垂于竹帛也。汝勿多言，速请出城，吾欲与孙权决一死战！"

《三国演义》通过这段文字把人们心中的关公形象推至顶峰，完全确立了他一代忠臣的凛然形象。

在"赤壁之战"前，作者连续用了几处神态描写来表现孙权的优柔寡断性格，大意是：

张昭说:"曹操拥百万之众,借天子之名,以征四方,拒之不顺。且主公大势可以拒操者,长江也。今操既得荆州,长江之险,已与我共之矣,势不可敌。以愚之计,不如纳降,为万安之策。"

众谋士皆说:"子布之言,正合天意。"

孙权沉吟不语。

张昭又说:"主公不必多疑。如降操,则东吴民安,江南六郡可保矣。"

孙权低头不语。

……

且说孙权退入内宅,寝食不安,犹豫不决。吴国太见权如此,问道:"何事在心,寝食俱废?"

孙权说:"今曹操屯兵于江汉,有下江南之意。问诸文武,或欲降者,或欲战者。欲待战来,恐寡不敌众;欲待降来,又恐曹操不容,因此犹豫不决。"

这段文字通过外貌、语言、神态等方面的描写,共同塑造了孙权的优柔寡断的人物形象。

《三国演义》还通过对比来突出人物形象。综观《三国演义》，作者特意布置了诸多对比情节，用来烘托英雄人物伟岸神情。比如同样是抓阄，就有两处描写，第一处是第二十二回中刘岱、王忠两将抓阄，故事梗概是：

忽曹操差人催刘岱、王忠进战。两人在寨中商议。刘岱说："丞相催促攻城，你可先去。"

王忠说："丞相先差你。"

刘岱说："我是主将，如何先去？"

王忠说："我和你同引兵去。"

刘岱说过："我与你拈阄，拈着的便去。"

王忠拈着"先"字，只得分一半军马，来攻徐州。

这段反映的是两人怯战，互相推卸责任的情景。第二处是第七十一回黄忠、赵云两将抓阄：

黄忠说："看我先去，如何？"

赵云说："等我先去。"

黄忠说："我是主将，你是副将，如何先争？"

赵云说："我与你都一般为主公出力，何

必计较？我两人拈阄，拈着的先去。"

黄忠依允。当时黄忠拈着先去。

赵云说："既将军先去，某当相助。可约定时刻。如若将军依时而还，某按兵不动；若将军过时而不还，某即引军来接应。"

黄忠曰："公言是也。"

这段突出的是两人争为先锋。读者相互对比两段文字，就可以发现褒贬。前者给人的是消极和沮丧；后者给人的是昂扬斗志和蜀汉集团的自信满满。同样的抓阄，作者塑造的人物形象已然很鲜明了。

《三国演义》中，对比方式是一种主要的塑造手段。有时候在人物言语中给予对比；有时是在激烈的战争、矛盾中进行对比；有时是一个画面中的两个人物行为的对照。

言语的对比在《三国演义》里多次都有记录。比如，郭嘉在分析袁、曹双方实力时，就有相当精彩的对比言语：

郭嘉说："刘、项之不敌，公所知也。高祖惟智胜，项羽虽强，终为所擒。今绍有十败，公有十胜，绍兵虽盛，不足惧也：绍繁礼多仪，公体任自然，此道胜也；绍以逆动，公以顺率，此义胜也；桓、灵以来，政失于宽，绍以宽济，公以猛纠，此智胜也；绍外宽内忌，所任多亲戚，公外简内明，用人唯才，此度胜也。"

"绍多谋少决，公得策辄行，此谋胜也；绍专收名誉，公以至诚待人，此德胜也；绍恤近忽远，公虑无不周，此仁胜也；绍听谗惑乱，公浸润不行，此明胜也；绍是非混淆，公法度严明，此文胜也；绍好为虚势，不知兵要，公以少克众，用兵如神，此武胜也。公有此十胜，于以败绍无难矣。"

这段"十胜十败"论是《三国演义》里的经典之一。字里行间把曹操和袁绍的形象做了全面、深刻的对比。在"官渡之战"激烈的斗争及矛盾冲突中，曹操和袁绍的形象又得至进一步的对比。

曹操面对实力强于自己的袁绍，先是采用刘晔设计的"霹雳车"来对付袁绍的"掘子军"；又跣足迎接许攸，依靠许攸之计火烧乌巢；随后又用程昱"十面埋伏"之计在仓亭大败袁本初。充分表现了曹操的深谋远虑、礼贤下士及雄才大略。

而袁绍在战役之初，断然拒绝沮授提出"宜且缓守"的主张；许攸建议奔袭许都，又被他轻率否定；之后又听信逢纪、郭图谗言，致使许攸、张郃等人投奔曹操；官渡战败，袁绍后悔未听田丰之言，却又羞于面子，竟将田丰杀死于狱中。

通过对比，袁绍优柔寡断、胸无点策、不辨忠奸、心胸狭隘的性

格弱点也暴露无遗。同一画面的对照，褒贬色彩溢于言表。其中最经典的莫过于关羽水淹七军后的画面：

关公说："汝怎敢抗吾？"

于禁说："上命差遣，身不由己。望君侯怜悯，誓以死报。"

公绰髯笑曰："吾杀汝，犹杀狗彘耳，空污刀斧！"

令人缚送荆州大牢内监候："待吾回，别作区处。"

发落去讫。关公又令押过庞德。庞德睁眉怒目，立而不跪。

关公说："汝兄现在汉中；汝故主马超，亦在蜀中为大将。汝如何不早降？"

庞德大怒说："吾宁死于刀下，岂降汝耶！"

骂不绝口。

如此一段受降的画面，便将胆小怕事、苟且偷生的于禁和威武英勇、大义凛然的庞德形象跃然于纸上。对比可谓是《三国演义》的一经典布置，运用这种手段把人物形象以及作者本身褒贬倾向都渗透出来，起至画龙点睛的功效。

借助次要人物来陪衬、烘托主要人物形象是《三国演义》塑造主要人物形象的艺术手法。毛宗岗评价《三国演义》时，说它"有以宾衬主之妙"。所谓以宾衬主，表现在刻画人物形象上，就是陪衬、烘托的手法。用次要人物渲染主要角色，着墨虽是在配角上，实际落点却在主角。

在《三国演义》中，诸葛亮是千百万读者所最尊敬、喜爱的人物，是"忠贞"和"智慧"的化身，上知天文，下晓地理，料事如神，才能卓越，作者对诸葛亮的形象，用尽笔力，大肆渲染。光是出场，便用了三回的故事，通过一系列的铺垫来进行烘托。

首先是水镜先生司马徽向刘备举荐卧龙，并对刘备身边的谋士加以贬低，用来反衬"卧龙"与"凤雏"的才能。接着徐庶出场，并通过几次对曹操的战斗表现了徐庶的军事的才能。

后来徐庶被曹操以计骗走，这时作者再次衬托，徐庶走马荐诸葛，并说"以某比之，譬犹驽马并麒麟，寒鸦配鸾凤耳"，把诸葛之才提上一个台阶。

之后刘备三顾茅庐，又通过刘备遇到的各个与诸葛亮有关系的人，比如崔州平、石广平、孟公威、诸葛均及黄承彦等，他们的才能以及高风亮节，实质上都是为了衬托诸葛亮。诸葛亮虽未出场，但他的性格、品德已借助这些人物烘托了出来。

在整部《三国演义》中，为了对诸葛亮形象进行多侧面、多角度地烘托，作者有意安排了周瑜、曹操、司马懿等人来进行陪衬。

在赤壁之战中，周瑜连续使用反间计、苦肉计、诈降计等使曹操难以应对，然而这些计谋虽然瞒过了曹操，却都被神机妙算的诸葛亮看得一清二楚，步步在他的意料之中。周瑜又以造箭为由欲杀害诸葛亮，诸葛亮明知其意，却没有报复周瑜，而是凭借自己的智慧，

使用巧计从曹操那里"借"得十万支箭。

之后周瑜为夺回荆州，对刘备发动了军事斗争，然而在与诸葛亮的交手中每次都处于下风，他的计策一次次被诸葛亮识破，最终只落得"既生瑜，何生亮"的下场。

罗贯中对周瑜的形象使用如此多的笔墨，却是通过层层深入的描写，不仅说明诸葛亮的军事才能远在周瑜之上，烘托出诸葛亮的足智多谋、神机妙算，而且通过周瑜的嫉贤妒能、气量狭小反衬出诸葛亮的宽宏大量、顾全大局的性格特征。

书中曹操对诸葛亮形象的衬托也很鲜明。在赤壁战败后，曹操逃至乌林、葫芦口和华容道处都曾大笑："人皆言周瑜、诸葛亮足智多谋，以吾观之，到底是无能之辈。若使此处伏一旅之师，吾等皆束手受缚矣。"但笑声未止，三处分别杀出了赵云、张飞和关羽。

此处生动传神地刻画出曹操的狡猾、奸诈，也正由此衬托出诸葛亮的足智多谋。另外，两人都曾担任丞相，总揽朝政，但通过"许田打围"中曹操的描写便以其"奸"来反衬出"白帝托孤"的诸葛亮形象之"忠"。

作为作者不遗余力刻画的反面典型，曹操形象成了陪衬诸葛亮形

象最为可贵的一片"绿叶"。至后期，司马懿便成了诸葛亮的主要对手，同时借助司马懿对诸葛亮的形象做了进一步的映衬。

如"空城计"，司马懿领大军杀至城下，见诸葛亮坐于四门大开的城上操琴，不敢攻城，以为诸葛亮平生谨慎，不曾弄险。今大开城门，必有埋伏。因此领兵退去。司马懿具有卓越的军事才能，深通谋略，极善用兵，然而他生性多疑、畏首畏尾，由此来映衬了诸葛亮随机应变、奇谋妙算的形象特点。

通过以上诸多人物的衬托，诸葛亮的艺术形象得到充分而生动的展现，显得更加真实、更加丰满。在《三国演义》中，像这样的处理还有很多，如"温酒斩华雄"，先是写了各路诸侯的几位上将出战，但都不出数合便败于华雄之手，表现出了华雄的勇猛。

经过层层铺垫，作者才写关羽出场：

众诸侯听得关外鼓声大振，喊声大举，如天摧地塌，岳撼山崩，众皆失惊。正欲探听，鸾铃响处，马到中军，云长提华雄之头，掷于地上。其酒尚温。

而此处作者对于关羽如何英勇善战、华雄如何被斩，没有一句正面的直接描写，非常巧妙地使用了侧面烘托及气氛烘托的手法，再加上华雄及其他上将的陪衬，一个高大勇武的关羽形象就栩栩如生地跃然纸上了。

总之，在《三国演义》中，作者恰当地运用映衬、烘托等艺术手法往往收到事半功倍的艺术效果。

同时，《三国演义》还采用夸张手法表现人物形象。罗贯中在《三国演义》中使用最独特的手法就是通过艺术的夸张，刻画出更为深刻的人物形象。

《三国演义》中，张飞形象的刻画大量地使用了夸张手法，如第四十二回"张翼德大闹长坂桥"，文中写道：

飞乃厉声大喝曰："我乃燕人张翼德也！谁敢与我决一死战？"

声如巨雷。曹军闻之，尽皆股栗。曹操急令去其伞盖，回顾左右曰："我向曾闻云长言：翼德于百万军中，取上将之首，如探囊取物。今日相逢，不可轻敌。"

言未已，张飞睁目又喝曰："燕人张翼德在此！谁敢来决死战？"

曹操见张飞如此气概，颇有退心。飞望见曹操后军阵脚移动，乃挺矛又喝曰："战又不战，退又不退，却是何故！"喊声未绝，曹操身边夏侯杰惊得肝胆碎裂，倒撞于马下。

三声夸张的大喝，便将张飞勇猛豪放的性格展现的活灵活现。同样，像小说中许多人物都大量使用了夸张手法进行塑造，像孙策挟死于糜，喝死樊能，凸现"小霸王"形象；赵云在长坂坡七进七出，斩将夺旗，单骑救主成为千古美谈；张辽威震逍遥津后，江东小儿夜不敢啼等。

另一种夸张手法则是使用虚构的故事情节对人物进行夸张想象，像演义中诸葛亮形象的刻画就大量地使用了虚构夸张的情节因素，像草船借箭、借东风、空城计、五丈禳星等在史实中都是不存在的。

综上所述，《三国演义》中人物形象的塑造主要是通过上述几个方面，虽然这些人物性格缺少发展变化，属典型化形象，但不可否认《三国演义》是我国古代历史小说中成就最高、影响最大的一部作品，其中人物形象的塑造手法对后来的古典小说人物塑造产生了巨大而深远的影响。

知识点滴

《三国演义》中，诸葛亮草船借箭的原型根据《三国志·吴书·吴主传第二》裴松之注，是孙权所行过的一个计谋。

213年，曹操与孙权对垒濡须。初次交战，曹军大败，于是坚守不出。一天，孙权借水面有薄雾，乘轻舟从濡须口闯入曹军前沿，观察曹军部署。孙权的轻舟行进五六里，并且鼓乐齐鸣，但曹操生性多疑，见孙军整肃威武，恐怕有诈，不敢出战，说："生子当如孙仲谋，刘景升儿子若豚犬耳！"

随后，曹操下令弓弩齐发，射击吴船。不一会，孙权的轻舟因一侧中箭太多，船身倾斜，有翻沉的危险。孙权下令调转船头，使另一侧再受箭。一会，箭均船平，孙军安全返航。曹操这才明白自己上当了。

三国演义的语言艺术

　　《三国演义》是我国文学史上一部优秀的长篇小说，达至很高的艺术水平。比喻修辞手法的运用是作品的一大特色。在刻画人物、描写武将武艺和描绘场景时，运用了大量的比喻修辞手法。

　　比喻的运用不仅起到很好地表达效果，而且使描写更加生动、形象，给人留下了深刻的印象。具体来说，比喻的运用在小说刻画人物、描写武艺、描摹场景等方面，都起到至关重要的作用。

　　用比喻刻画人物。《三国演义》中对人物的描写是多角度的，作者不

但直接描绘人物的外貌，而且善于刻画人物的性格，还常常通过他人之口来评述人物。而对人物外貌的描绘和性格的刻画，通常运用比喻手法，甚至借用他人之口评价人物，也离不开比喻。

《三国演义》中涉及的人物众多，但作者在描绘他们的外貌时并没有千篇一律，充分考虑到不同身份、不同性格人物的特点，在比喻的选用上非常成功地突出了人物的个性特征，从而使得人物个性鲜明，给人留下深刻印象。

例如第一回写刘备的外貌是"面如冠玉"。将刘备的脸比喻为"玉"，一方面表明了刘备并非粗俗武夫；另一方面又暗示此人将来必会至尊至贵。

而对张飞的描写就截然不同，说他"豹头环眼，燕颔虎须，声若巨雷，势如奔马"，将其与"虎""豹""马"联系在一起，突出了张飞的勇猛，是一个典型的冲锋陷阵的武将形象。

虽然关羽也是武将，但却与张飞明显不同，第五回写关羽的外貌是"丹凤眼，卧蚕眉，面如重枣，声如巨钟"，这些比喻突出了关公的眼、眉和肤色，人们常说"面如其人"，对关羽脸谱的描绘为后来刻画他忠义的性格做了很好的铺垫。不同的比喻，不仅将人物刻画得栩栩如生、个性鲜明，也为故事的发展埋下了伏笔。

《三国演义》对人物性格的刻画也多用比喻。有直接比喻，例如

第六十三回写张飞"更兼张飞性如烈火",便直接将张飞的性格比作烈火,足见张飞性情之暴躁。但更多的是通过人物的语言、行为来侧面烘托,例如第七十一回写黄忠,写道:

驰下山来,犹如天崩地塌之势……大喝一声,犹如雷吼。

这里将黄忠下山时的气势说成"山崩地塌之势",将他的吼声比作惊雷,展现了黄忠勇猛、果敢的性格。

《三国演义》对人物的评价分为两种,一种是借小说中的人物之口评价人物,另一种是作者自己评价或转引民间评价。但无论是哪一种,往往都要借助于比喻。

第三十九回,博望坡之战前夕,徐庶在一次在曹操面前评价诸葛亮是"庶如萤火之光,亮乃皓月之明也"。比喻之中蕴含着对比,实际是提醒曹操不要轻视诸葛亮。

因为徐庶在当时已经很有名，天下人都知道他很有智慧，这样一个人与诸葛亮相比却只是"萤火"对"皓月"，可以想象诸葛亮是何等聪明。

后来的事实证明，这一比喻确实十分精当，夏侯惇由于对诸葛亮"皓月之明"的智慧估计不足，才有了博望坡之败。

《三国演义》在评价人物或转引民间的评价也都用到比喻。第四十二回，作者这样评论张飞在长坂坡的那一声怒吼：

黄口孺子，怎闻霹雳之声；病体樵夫，难听虎豹之吼。

又引用别人写的赞诗："一声好似轰雷震，独退曹家百万兵"，将张飞这一吼比作"霹雳之声""虎豹之吼""轰雷"之声，极言吼声

之大，突出了这一声吼的杀伤力，起至很好的表达效果，给人留下极深的印象。

再如第六十四回，益州刘璋手下的大将张任，宁死不降，作者引用别人的诗赞"高明正似天边月，夜夜流光照雒城"，将张任比作明月普照自己的故土，非常恰当地反映出张任坦荡、忠诚的品格。

武将的武艺也是《三国演义》着墨很多的一个方面。作者通过运用比喻来描绘、展现武将的武艺，给读者勾画出一个又一个勇猛过人而又个性鲜明的艺术形象。

在第十六回这样描绘吕布辕门射戟："弓开如秋月行天，箭去似流星落地，一箭正中画戟小枝。"

将弯弓比作秋月，非常形象生动，同时说明吕布力量之大。将飞出去的箭比作流星，形容弓箭飞行之快，实际上是在渲染吕布箭法的精准。如此一来，一幅英雄百步穿杨的画面便浮现在眼前，使人们了解到吕布的箭法是多么的精准。

这两个比喻把吕布的武艺完美地展现在读者面前。第七十一回写赵云救黄忠："那枪浑身上下，若舞梨花。遍体纷纷，如飘瑞雪。"

用了"梨花""瑞雪"这两个喻体，表面上在描绘打斗场景，实际上写赵云在如此众多军士的重重包围之中竟能把长枪运用得"若舞梨花"，就是为了突出他的英武之姿与非凡武艺。

《三国演义》的场景描写包括对自然景物的描写和对战争场景的描写两部分。在描写这两类场景的过程中运用了大量比喻，给文章增色不少。

描绘自然景物。《三国演义》的写景有一个明显的特点，那就是用比喻写景。用比喻写景，往往能给读者一种画面立体感，让人回味无穷。第三十七回写刘备去隆中请诸葛亮出山，路上看到的风景是：

忽然朔风凛凛，瑞雪霏霏；山如玉簇，林似银妆。

这个比喻抓住了白雪洁白晶莹、一尘不染的特点。

第四十八回写曹操长江宴饮，看见"长江一带，如横素练"。夜晚的长江在明月的照耀下显得格外平静，"如横素练"，将长江比喻为一卷白色丝绸，非常形象。但是江水并不总是安静的，第四十九回写道："看看月上，照耀江水，如万道金蛇，翻波戏浪。"

同样是月光下江水，此时却如"万道金蛇"，不仅符合客观实际，实际也为曹军后来遭遇火攻埋下了伏笔。

对战争场景的描绘是《三国演义》的重头戏，比喻的运用使得战争更加惊心动魄、引人入胜，有了比喻，一幅幅战争图画也就显得栩栩如生。

作者在小说中多次描写到战场上的器具。文中经常写到流矢，比如第五回写孙坚"挥军直杀至关前，关上矢石如雨"；第十一回写"梆子响处，箭如骤雨射将来"；第二十五回写"伏兵排下硬弩百张，箭如飞蝗"。

将流矢比作"骤雨""飞蝗"，极言弓箭之多、排列之密。第三十回写袁绍"遂催军进发，旌旗遍野，刀剑如林"，刀剑之多以至成"林"。

第四十二回"忽见江南岸战鼓大鸣，舟船如蚁"，将船只比作蚁群，与对流矢的描写有异曲同工之妙。

《三国演义》还用比喻描绘军容气势。如第十二回写"喊声如江翻海沸"，将呐喊声形容为江翻海沸之音，气势宏伟浩荡。第十回写陶谦远望操军"如铺霜涌雪"，突出曹操军容的浩大。

另外，作者常用潮水、波浪来比喻前进或撤退中的军队的形势，例如第十一回用"马军步军，如潮似浪"，展现军队进发时的气势。第二十五回写"河北军如波开浪裂"，袁绍军队在关羽的冲击下瞬间变成开波裂浪，不堪一击。第四十二回用写道：

　　一时弃枪落盔者，不计其数，人如潮涌，马似山崩。

生动地描绘出一副混乱的撤军场景。《三国演义》用比喻描写战争场景，留给人们的往往就是一幅动态的美丽画卷了。例如："忽见江南岸战鼓大鸣，舟船如蚁，顺风扬帆而来……操军如铺霜涌雪。"

这一个个比喻，就是一幅幅画卷。

尽管战争本身非常残酷，但比喻使人们并不觉得十分紧张。《三国演义》中比喻的运用，给小说增添了一种生动形象的画面之美。无论是小说中人物的相貌、性格，武将的武艺，还是小说所描摹的场景，由于比喻的使用而鲜活起来，形成了一种立体感。

《三国演义》成功地运用比喻刻画了一系列特征鲜明的人物形象，生动展示了一批武将的高超武艺，描摹了如诗如画的自然景色，也将战争场面描绘得栩栩如生。

这些比喻勾勒出一幅幅的美丽画卷，使《三国演义》具有了一种生动想象的画面美，具有高品位的审美价值。

知识点滴

《三国演义》中，同样的比喻出自不同人物之口可以传递出不同的性格特点。例如第三十九回，夏侯惇面对初出茅庐的诸葛亮在博望坡所做的军事布置，说道："今观其用兵……正如驱犬羊与虎豹斗耳！"

将自己的军队比作虎豹，将敌军视为犬羊，显示了他轻敌、自傲的性格。而第四十三回写诸葛亮说"吾视曹操百万之众，如群蚁耳。"

将曹操的百万大军比作蚂蚁，展现了他的胸有成竹与高度自信。这个比喻与夏侯惇的比喻类似，所传达出的人物的性格却有所不同，原因就在于诸葛亮对敌军做了全面的分析，已经"知己知彼"，而夏侯惇只是盲目自信。

水浒传

《水浒传》又名《忠义水浒传》,简称《水浒》,作者施耐庵,作于元末明初,是我国四大名著之一。

《水浒传》是我国历史上第一部用白话文写成的歌颂农民起义的长篇章回体小说,全书描写北宋末年以宋江为首的一百零八好汉在梁山泊起义,以及聚义之后接受招安、四处征战的故事。

《水浒传》也是最具备史诗特征的作品之一,是我国历史上最早用白话文写成的章回小说之一。对我国乃至东亚的叙事文学都有极其深远的影响。

从军经历为小说添彩

泰州从汉代就"煮海为盐",盐业发达,特别是唐宋时期,更为繁荣,成为江淮一带有名的盐粮集散地。水乡兴化,东临黄海,扬州府兴化白驹场就是著名的盐场。

在1296年,扬州府兴化白驹场一个姓施的人家出生了一个孩子,

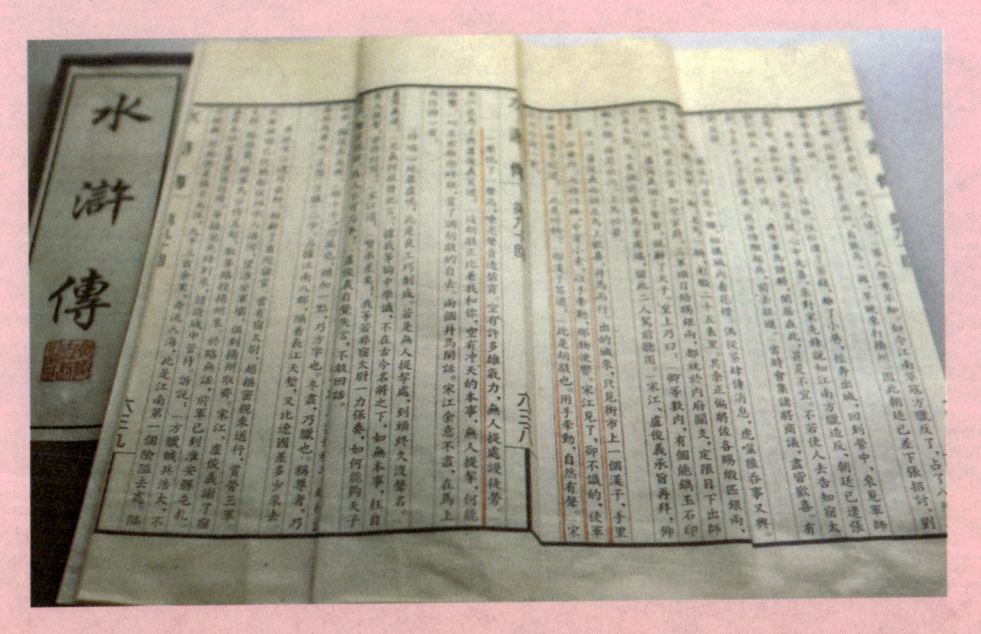

取名子安，一位老秀才给他取字叫彦端，又字耐庵，意思是等这孩子长大了，定会成为一位品行端正的才子。他是孔子七十二弟子之一施之常的后裔，传到施耐庵的父亲已是第十四世。

施耐庵家中贫穷，上不起学，但他聪明好学，经常借书看，请邻居教，有时还到学府去旁听，读了《大学》《论语》《诗》和《礼》等许多书。13岁时，已能在大庭广众之下对答如流。

有一天，邻居老人病故了，约请在浒墅关教私塾的季秀才来写祭文。季秀才未能及时赶到，有人就提议让彦端试试。施耐庵年少气盛，也不推让，拿过笔来一挥而就。

后来，季秀才看了这篇流露着稚嫩和才气的祭文，赞叹不已，他主动提出带施耐庵到浒墅关去读书，并且不收学费，后来还把女儿许配给了施耐庵。

施耐庵29岁又考中举人。随后，施耐庵到大都赴会试，但是落榜了，他就投奔国子监司业刘本善，刘本善推荐他出任山东郓城训导。施耐庵在梁山英雄传说的招引下，他曾到梁山水泊进行实地考察，亲身感受梁山英雄聚啸山林的冲天豪气。

在1331年，施耐庵35岁这一年，他与后来声名赫赫的刘伯温一起同榜得中进士。

施耐庵考中进士以后，曾在钱塘做官，但后来施耐庵因为不愿意为名利困扰，两年后就弃官不作了。

施耐庵准备回迁兴化时，曾诗寄兴化故旧顾逖：

年荒世乱走天涯，寻得山阳好住家。
愿辟草莱多种树，莫叫李子结如瓜。

顾逖答给施耐庵回了一首诗："君自江南来问津，相逢一笑旧同寅。此间不是桃源境，何处桃源好避秦？"

施耐庵给顾逖的诗中，表达的是想回家乡寻找避世之所，但是此时，施耐庵的心中远不会轻松。后来为施耐庵写过墓志铭的王道生是理解施耐庵的，他说："英雄生乱世，或可为用武之秋；志士生乱世，则虽有清河之识，亦不得不赍志以终。"

这句话道出了弃官归里后施耐庵满腔的不平和悲凉。英雄身陷困厄，志不得酬，往往恰如项羽"霸王别姬"弹剑悲歌。读书人则不同，他们时运不济、怀才不遇之时，常常如

蒲松龄著《聊斋》，在另一个世界里一浇胸中的块垒。

施耐庵没有像蒲松龄那样去访仙问狐，他把自己满腔的抑郁不平、苍凉豪气，连同整个生命一起，托付给了"风风火火闯九州"的水浒英雄们，从此，施耐庵开始了小说创作，他给自己写的小说取名为《江湖豪客传》。

元代末期的农民起义打破了施耐庵平静的著述生活。1352年，施耐庵的小同乡张士诚在泰州白驹场起兵反元。施耐庵的姑表兄弟卞元亨是张士诚手下大将，卞元亨素知施耐庵才能不凡，便向张士诚举荐说："我的表兄施耐庵读过兵书，能文能武，现辞官归里。我们如用了他，就等于有了个诸葛亮。"

张士诚一听，当即就去拜访施耐庵。施耐庵本就不满于当朝的黑暗和腐败，怀有干一番事业的志向，加上张士诚的诚意相请，便答应给他当军师。

施耐庵运筹帷幄，很快便在江北打出了个小天下。接着，又挥师渡江南下，攻城略地，势力大振。

苏州向为江南繁华地，占领苏州后，张士诚看到苏州美女多，风

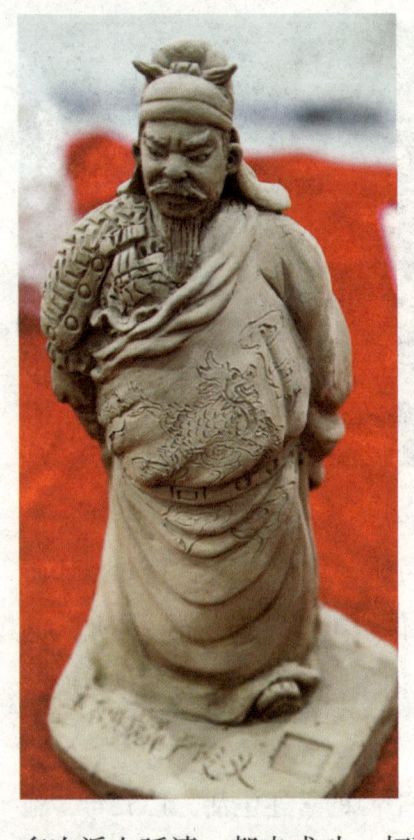

景好，就要定都苏州。

施耐庵劝告张士诚说："大王，你是属兔，又姓张，张者獐也，怎能离开草呢！我看还是以江北草垛一带做基地为好，然后再逐步用兵，夺取江山。"

张士诚享乐心切，舍不得离开苏州这个人间天堂，施耐庵的话半点也听不下去，终于定都苏州，自称吴王。张士诚自立吴王后，日益迷恋酒色，施耐庵曾多次劝谏张士诚，均遭拒绝，施耐庵非常失望，知道他难成大事，愤然离去。

之后，朱元璋知道施耐庵做过张士诚的军师，是个足智多谋的才子，曾多次派人延请，都未成功。打下苏州后，听说施耐庵已避居兴化白驹场，立即派刘伯温专程登门恭请。

刘伯温与施耐庵本来相知，只不过后来各事其主罢了。施耐庵知道刘伯温的来意后，让人摆上酒席，殷勤劝酒。刘伯温乘着酒兴，随口吟了几句诗：

闻说江南一老牛，诏书征下已三秋。
主人有甚相亏处，几度加鞭不转头。

施耐庵知道这是戏弄自己，当即答了几句：

老牛力竭已多年，项破皮穿只爱眠。

犁耙已休春雨足，主人何必再加鞭。

他吟完诗，一连干了几大杯，然后装着酒醉，回书房伏在几案上睡了。刘伯温近前一看，桌上放着施耐庵还没写完的"武松打虎"这一回的书稿，明白了施耐庵不愿为官、专心著述的心思，就没有再多加劝说，回去复旨了。

此后，施耐庵为躲避战乱，曾流播江南一带，在常熟、江阴等地乡下设塾坐馆，课徒之余，继续写作《江湖豪客传》。朱元璋建立明代以后，施耐庵再次回至家乡兴化，不久又迁居白驹，在那里定居下来。

白驹为张士诚的家乡，刚刚建立的大明王朝对这里控制得很严。施耐庵为了能安心著述，安顿好家小之后，就来至淮安，隐居在一个朋友家中专心创作。

施耐庵在长期民间传说、民间说话艺术和元杂剧水浒戏的基础上加工完成了《江湖豪客传》。《江湖豪客传》写成后，施耐庵感到书名不够含蓄，想到书中故事多与水有关，就听从罗贯中建议改名《水浒传》。成书后，很快被传抄到社会上去。

《水浒传》故事发生的地点是梁山泊，而此时的梁山泊已淤积成陆，水迹全无。白驹四周兴化、高邮、宝应一带方圆百里皆是水乡泽国。历史上有1131年张荣率领义兵在兴化缩头湖大败金兵的记载。于是，这里成了施耐庵笔下梁山泊的最好参照。

施耐庵在张士诚义军中的亲身经历，大大丰富了他的生活感受，《水浒传》中众多英雄人物身上，都有义军中重要将领的投影。比如，武松与卞元亨，鲁智深与鱼日知，阮氏三兄弟的水上生涯，很容易让人想起张士诚三兄弟操舟贩盐的经历，潘金莲和潘巧云的不贞，很容易让人联想到张士诚女婿潘元绍与其兄潘元明的不忠。

　　吴用未必没有作者自身的投影，就连征方腊之役，有人也认为就是历史上朱元璋征讨张士诚战争的翻版，梁山英雄们的悲凉结局，正是张士诚失败后作者施耐庵真实心境的写照。

　　《水浒传》在我国文学史上第一次描写了农民战争，展示了宏伟壮丽、波澜壮阔的斗争生活场面。小说塑造了李逵、鲁智深、武松、林冲等一系列光彩照人的英雄形象，歌颂了英雄们的反抗精神，表现了他们的优秀品质、英雄气概、斗争意志和伟大力量。

知识点滴

　　施耐庵写《水浒传》中"武松打虎"时，因为没有看见过别人打虎，自己也从未碰到过老虎，他一连写了好几遍，但武松打虎的动作都写得不像。施耐庵冥思苦想，改了又改，还不尽如人意，心中烦闷。

　　一天，他听到狗狂叫的声音，他跑出门一看，原来是个彪形醉汉正和一只恶狗搏斗。只见醉汉闪过身子，一把揪住恶狗的脖子，举起铁锤般的拳头，没头没脑地捶打了10多下，再用力一甩，恶狗滚了几丈远后躺着不动了。施耐庵看得入了迷，连声高喊："打得好，打得好！"

　　立即把这情景记下来，很快就写好了景阳冈上武松打虎这一段书。这一回呀，真写得有声有色，扣人心弦，把武松写得栩栩如生。

小说中豪侠形象的塑造

　　《水浒传》是我国第一部长篇英雄侠义小说,之所以成为千古传诵家喻户晓的名著,在于他通过农民起义塑造了一批英雄豪侠形象,并通过他们大力宣扬了中国历史上流传已久并人人向往的豪侠行径。

　　《水浒传》中一百单八将个个都是豪侠,只是作为豪侠的每个人对于豪侠该如何去行、去做在思想行为境界上有着明显的不同。换句话说,施耐庵将梁山上的豪侠们分成了三六九等。这些来自于不同阶层、地位、有着不同经历的好汉们,无论他们怎样不同,但都是性格使然任性而为。

　　鲁莽性急型豪侠。这类豪侠大都为草莽英雄,如李逵、鲁智深、武松、阮氏三雄等。仗义直行、临难勇为,敢于以武犯禁,是这些武豪侠的共同特征,但仔细分析,他们的性格却是"同中有异"。

　　李逵粗犷中带有豪放、率真、可爱的性格特点。这是鲁达、武松所没有的。例如在《黑旋风斗浪里白跳》一回中,写李逵初见宋公明时的一番话:"哥哥,这黑汉子是谁……若真是个宋公明,我便下拜

甚鸟!"

寥寥几句话,李逵的鲁莽、憨直及粗鲁中表现出来的率真、可爱的性格便可见一斑了。又如在刚上梁山时,他便说:"便造反,怕他怎地!晁盖哥哥便做了大宋皇帝,宋江哥哥便做了小宋皇帝,吴先生做个丞相,公孙道士做个国师,我们都做个将军,杀去东京,夺了鸟位。"

又如在后面的第七十五回中他"扯诏骂钦差",故事梗概是:只见黑旋风李逵从梁上跳将下来,就萧让手里夺过诏书,扯得粉碎,便来揪住陈太尉,拽拳便打。此时宋江,卢俊义皆横身抱住,哪里肯放他下手。恰才解拆得开,李虞候喝道:这厮是什么人,敢如此大胆!

李逵正没寻人打处,劈头揪住李虞候便打,喝道:写来的诏书,是谁说的话?

张干办道:这……是……皇帝圣旨。

李逵道:你那皇帝,正不知我这里众好汉,来招安老爷们,倒要

做大!你的皇帝姓宋,我的哥哥也姓宋,你做得皇帝,偏我哥哥做不得皇帝!你莫要来恼犯著黑爹爹,好歹把你那写诏的官员尽都杀了!"

众人都来劝解,把黑旋风推下堂去。

李逵对钦差说的粗鲁的话可看出他的头脑简单,但更能看出他起义的坚定性和对黑暗统治的无比憎恨。所以这一人物形象的深刻意义也就在此:乍看粗鲁,细嚼却发现粗鲁的可爱、粗鲁的英猛,进而使人感到正是他的鲁莽、率直才更是光彩照人。

鲁智深却另有其特点。比之李逵,鲁智深的"粗鲁"却是性急,并有"粗中有细"的特点,鲁智深以"杀人须见血,救人须救彻"为行为准则。

鲁智深在与邪恶势力作斗争的过程中,他始终采取一种主动进攻的态势,并且不计个人得失,渭州状元桥下,为救素昧平生的被欺辱的金氏父女，他三拳打死了恶霸郑屠户；借宿桃花村时，为了救刘太公的女儿，又痛打了强抢民女的小霸王周通；路过瓦罐寺，杀了为非作歹奸淫妇女的凶僧恶道崔道成和丘小乙；暂住东京时，为救被太尉高俅陷害的80万禁军教头林冲，他又大闹了野猪林。

这是鲁智深一生为人行事的最好概括，他同为他所救和被他所杀的人都毫无个人恩怨，只是因为受辱者为善人，被杀者皆该杀之人，可见他的行侠仗义始终是离不开忠义两全和替天行道的。

而武松则以豪迈的性格贯穿水浒，他的豪侠之气集中体现在一系列的复仇行动之中，他公开宣称："我从来只要打天下硬汉不明道德的人。我若路见不平，真乃拔刀相助，我便死了也不怕！"

武松在胞兄武大郎被西门庆、潘金莲谋杀，在告状无门的情况下，他强邀四邻前来赴宴，当众审问潘金莲和王婆，取得了真实口供，手刃潘金莲，杀死西门庆，用两人之头祭奠武大亡灵，然后带着人证物证到官府自首。

后来武松为了报答施恩的照应和优待，他醉打蒋门神，帮助施恩夺回被蒋门神霸占的快活林酒店，蒋门神勾结张都监、张团练设计栽赃陷害武松，他又大闹飞云浦，血溅鸳鸯楼，杀死张都监张团练等人，并蘸血在墙上写下"杀人者，打虎武松也"几个大字。

对于迫害自己的恶势力，武松没有一丝一毫的忍让、妥协的念头，总是勇往直前，抗争到底，可谓"快意恩仇"。所以，鲁智深、李逵、武松都是急性之人，他们的性格有相同之处，但彼此又有独特的个性，各有派头，各有光景，各有家数，各有身份。他们的独特个性都是通过人物各自的行动具体而生动地体现出来。

由此可见，施耐庵的笔下可谓精妙，对同一种类型的人物，他按照他们各自独特的行动方式去完成自己独特的性格，使同一类型人物的性格具有同而不同的特征。

如果说鲁智深等人是村夫草民以勇、力等铲除丑恶势力的豪杰侠客，那么宋江、晁盖、柴进等人则是《史记》中的信陵君、孟尝君等"卿相之侠"，他们赢得四方好汉的敬慕不是靠精湛的武艺，而是靠广交天下豪杰义士和仗义疏财慷慨大方之举。

仗义疏财型豪侠。在文中，宋江是一个颇得人心的豪侠，用鲁智深的话来说，是"近日也有人说宋三郎好，明日也有人说宋三郎好"。

宋江不仅对江湖上的好汉讲义气，而且对下层劳动人民同样关心，他"好作方便"，经常"济人贫困"，阎婆丈夫死了，无钱津送，宋江除了给一口棺材，还给阎婆10两银子做使用钱，对于那个卖汤药的王公也是经常资助，因而他成为一个在江湖中，在劳动人民中颇有声誉的人物。

宋江仁义长厚，上梁山前挥金似土，给人以物质上的帮助，上梁山后更是通过军事手段搭救被贪官污吏、地主恶霸陷害的兄弟们，攻打高唐州、青州、华州、大名府等是为了抢救柴进、孔明、鲁智深、史进、卢俊义、石秀。

宋江耐心地做刚上山的石秀、杨雄的思想工作，关心王英的私生活，晁盖牺牲之后，更是"此似丧考妣一般，哭得发昏"，他以义气感人的力量不仅收服其他山寨的头目，连前来剿捕他的官军将领也被感动投降，可以说他是仗义疏财的慷慨义士的代表典范。

《水浒传》中不仅描写了鲁莽性急和宋江等人的仗义疏财型豪侠形象，还重点刻画了智慧谋略型的豪侠形象。《水浒传》中梁山上的

军师智多星吴用,是好汉中一流的足智多谋人物。书这样形容吴用:

> 谋略敢欺诸葛亮……略施小计鬼神惊,吴用名称吴学究,人号智多星。

如《水浒传》中梁山好汉攻打青州时,因有呼延灼作为青州主力,一时很难拿下,呼延灼上梁山之前为汝宁郡的都统制,武艺高强,骁勇善战,有万夫不当之勇,使一双铜鞭,骑一匹踢雪乌骓马,交锋三五次,各无输赢。

吴用听此情况后,提出"先用力敌、后用智擒。"随即利用呼延灼骄傲的心理,用计骗出呼延灼追赶梁山兵等到伏击圈内,呼延灼方知上当被生擒。

被擒的呼延灼在宋江的指点下归顺了梁山，并愿意协助宋江、吴用攻下青州城，呼延灼带梁山人马假扮败兵归城，与梁山里应外合顺利地攻下了青州城。《水浒传》中擒索超、捉张青等都是吴用利用天时、地利、人和谋略来智取的。

《水浒传》的艺术成就，最突出地表现在英雄人物的塑造上。全书重大的历史主题，主要是通过对起义英雄的歌颂和对他们斗争的描绘中具体表现出来的。因而英雄形象塑造的成功，是作品具有光辉艺术生命的重要因素。

置于真实的历史环境中。在人物塑造方面，最大特点是作者善于把人物置身于真实的历史环境中，扣紧人物身份、经历和遭遇来刻画他们的性格。全书通过对各阶层人物及他们之间的关系描绘，一幅北宋时期社会生活的图景便非常逼真、清晰地呈现出来。

书中的人物性格，正是在这样的环境中产生和成长起来的。林冲、鲁达、杨志虽同是武艺高强的人，但由于身份、经历和遭遇的不

同，因而走上梁山的道路也很不一样，作者正是这样表现了他们不同的性格特征的。

此外在对招安的不同态度上，来自社会底层的李逵等人是坚决反对的；封建文人出身的吴用主张有条件的招安；来自官军的绝大部分的将领则是殷切地盼望着招安。这种不同的态度，可以从他们各自的身份、经历中找到充分的根据。

《水浒传》人物语言的性格化，达至很高的水平，通过人物的语言不仅表现了人物的性格特点，而且对其出身、地位以及所受文化教养而形成的思想习惯有时也能准确地表现出来。如李逵第一次见宋江，就问戴宗："哥哥，这黑汉子是谁？"

戴宗责备他粗鲁，他不服，等戴宗向他介绍了情况，他还说："莫不是山东及时雨宋江！"

李逵心里怎么想，口里就怎么说，他是个粗人，见人不懂得什么客套和应酬之事，不受礼节的约束。另外，他刚上梁山便大发狂言："便造反怕怎地，晁盖哥哥便做大宋皇帝，宋江哥哥便做小宋皇帝……杀去东京，夺了鸟位。"

　　"大宋皇帝""小宋皇帝"等话，只有李逵才说得出，是极富个性化的语言。其他如阮小七的心直性急，吴用的足智多谋，宋江的谦虚礼下，通过他们的对话，无不令人如闻其声，如见其人。

　　《水浒传》人物形象塑造的"个性化"，即善于通过人物个性化的行为、动作、举止、处事方式，来表现其性格的特殊。在第二十二回"景阳冈武松打虎"有这样一段：

　　　　那大虫又饥又渴，把两只爪在地下略按一按，和身体上一扑，从半空里撺将下来……说时迟，那时快，武松见那大虫扑来，只一闪，闪在大虫见掀不着，吼一声，却似半天里起个霹雳，震的那山冈也动，把这铁棒也似虎尾，倒竖起来只一剪。

武松却又闪在一边……那大虫又剪不着，再吼了一声，一兜兜将回来。武松……从半空劈将下来……那大虫翻身又一扑，扑将来。武松又只一跳，却退了十步远。

文中将英雄人物的行为写得合情合理，给人以真实的感觉，显得自然可信。这些地方都说明《水浒传》在描写武松的性格时，注意到他们极有个性的动作和处事方式。

《水浒传》在艺术上的伟大成就便是成功地塑造了一大批栩栩如生的典型形象，这正是几百年来一直为广大群众所喜爱的重要原因。

知识点滴

从人格美感上来说，侠士崇尚一种勇武阳刚的气概。《水浒传》中的梁山好汉便是这样一群人格美的男儿。他们勇武无比，豪气凌云，丝毫没有脂粉气，绮靡气，而独有雄伟、劲烈的阳刚之气。

鲁智深的怒打镇关西，倒拔垂杨柳，大闹野猪林；李逵的江州劫法场，沂岭杀四虎，大闹忠义堂；武松的景阳冈打虎，醉打蒋门神，血溅鸳鸯楼等都是这种阳刚之气的表现。

也正是兄弟之义，让宋江能稳居众好汉之首，而实现自己的招安计划，导致最后曲终人散的结局，所以说这种笑傲江湖，勇武阳刚的兄弟之义又被添上了几许悲壮的色彩。

小说的语言艺术特色

《水浒传》艺术方面的成就是多方面的，不仅在结构艺术上有很大的成就，在语言上的成就也十分的显著。由于它从话本发展而来，因此先天就有口语化的特点。

施耐庵又在民间口语的基础上进行了巨大的艺术加工，使其成为优秀的文学语言。对人叙事，多作白描，能够抓住主要特征和细节，洗练而传神。

特别是在人物语言个性化方面，《水浒传》能"一样的人，便还他一样说话"，从对话中能看出不同人物的性格。

例如第七回写高衙内调戏林教头的娘子时，鲁智深赶来要打抱不平,林冲道:"原来是本官高太尉的衙内,不识得荆妇,时间无礼。林冲本待要痛打那厮一顿,太尉面上须不好看。自古道:'不怕官,只怕管。'林冲不合吃着他的请受,权且让他这一次。"

而鲁智深则道:"你却怕他本官太尉,洒家怕他甚鸟!"

两句话,鲜明、准确地反映了林冲和鲁智深两人的不同处境、不同性格:一个有家小,受人管,只能委曲求全、逆来顺受;另一个赤条条无牵挂,义无反顾。

又如李逵初见宋江时的一段对话非常精彩,就是一些次要人物的语言也表现得很出色。

例如武松打虎后,遇见两个猎户,他们吃了一惊道:"你那人吃了忽律心,豹子肝,狮子腿,胆倒包着身躯,如何敢独自一个,昏黑将夜,又没器械,走过冈子来!不知你是人是鬼?"

这就非常切合猎户身份和他们当时的心情。此外像差拨语言的两面三刀,阎婆惜语言的刁钻泼辣,王婆语言的老练圆滑,都给人留下了极其深刻的印象。

《水浒传》作为一部长篇小说,就是使用在民间口语的基础上加以提炼、净化了的文学语言,塑造了一大批传奇的英雄。这不但标志着古代运用白话语体创造小说已经成熟,而且对整个白话文学的发展

也具有深远的意义。

《水浒传》的画面之所以显得那样光辉夺目、绚丽多彩，人物形象之所以表现得那样活灵活现、呼之欲出。就是因为作者熟练地驾驭了明快、生动、形象的语言，用字准确、精当。

《水浒传》或生动地显示出人物性格，或恰到好处地传达出人物的彼时彼地彼境的心理状态，或巧妙烘托出人物活动的环境氛围，或清晰地叙述了故事情节，或准确地描摹了人物的行为动作。

如"鲁提辖拳打镇关西"一节，写店小二不放金老走时，文写道：

鲁达大怒，揸开五指，去那小二脸上只一掌，打得那店小二口中吐血；再复一拳，打落两个当面门牙。小二扒将起来，一道烟跑向店里去躲了。

鲁达是个急性子的人，干什么事都是大咧咧的，打人也如此，你看他还没说上几句话。便"大怒"，不由分说就打起来。"揸开五指"如见其伸出大手，往小二脸上打去。"只一掌"清脆响亮之声，响于耳际。"再复一拳"是一掌不足于解恨。"小二爬起来，一道烟跑向店里去躲了"，将店小二的狼狈相活现于眼前。

《水浒传》根据人物出身、身份、地位、性格的不同，所用的语言也各自有别，恰到好处。

如阮氏三雄，虽是一母同胞，但因性格各异，说话用语就个个不同。阮小七性情粗爽快。说起话来也与两位哥哥不同，心直口快，直来直往，干脆痛快。其兄小二、小五说不出来。

尤其在"智取生辰纲"一节里，写黄泥冈上的杨志、老都管、虞侯、军健的斗口语，看出他们因身份不同，心想不一，说话口气也就各异。

文中，杨志是杨志的话，老都管是老都管的话，虞侯是虞侯的话，军健是军健的话，从他们的话中见出他们的性格、思想、态度的差异来。

杨志的尽心精细，一路上小心谨慎。时时事事防范，却又处处任性的神态，逼真如画；老都管的倚老卖老，放肆的架势，声色俱厉。两个虞侯，一路絮絮地叨咕，众军挨打受苦而又不得不忍气吞声的可怜相，惟妙惟肖。

总之，《水浒传》通过描述用语和人物自己的语言，不同身份的人物心理、性格，无不生动细致地显现了出来，个性十分鲜明。

书中人物与情节的安排，主要是单线发展，每组情节既有相对的独立性，又是一环紧扣一环，互相勾连的。这种安排固然是由于继承了"话本"表现手法的特点，把一些主要人物和事件集中起来叙述。

但更主要的还是为全书的内容所决定，即通过不同英雄被逼上梁山的不同道路来展示起义斗争的广阔画面的。

小说结构的完整，还表现在开端、高潮和结局等安排的精心设计上。从英雄们个人反抗到排座次，逐步形成了起义的高潮，以后斗争走上了妥协投降的道路，终以"魂聚蓼儿洼"的悲剧告终。从开始到结尾正是农民起义一般过程的真实反映。

《水浒传》这部古典名著是我国文学史上第一部用白话写的长篇小说。在它的形成中，有一个民间口头传说、瓦舍艺人说唱、文人加工成书的复杂创作过程，它语言艺术上的一些特点与这一情况有着密切的关系，是由此而派生出来。

知识点滴

鲁迅还很赞赏《水浒传》的语言艺术。鲁迅在他的《看书琐记》里说："《水浒》和《红楼梦》的有些地方，是能使读者由说话看出人来的。"

鲁迅认为《水浒传》的语言具有典型性，能够反映出每一个人物各种的身份和性格等。鲁迅还赞扬《水浒传》的语言比文言文更能够传神达意，比如第十回"林教头风雪神庙"中的"那雪正下得紧"一句，鲁迅就称赞它说："比'大雪纷飞'多两个字，但那'神韵'却好得远了。"因为"紧"字不但写出了风雪之大，而且也隐含了人物的心理感受，烘托了氛围。

西游记

　　《西游记》是我国古典四大名著之一，主要描写唐僧、孙悟空、猪八戒、沙悟净师徒4人去西天取经的故事。

　　《西游记》自问世以来在我国乃至世界各地广为流传，被翻译成多种语言。书中孙悟空这个形象，以其鲜明的个性特征，在我国文学史上立起了一座不朽的艺术丰碑。

　　《西游记》不仅内容极其丰富，故事情节完整严谨，而且人物塑造鲜活、丰满，想象多姿多彩，语言也朴实通达。更为重要的是，《西游记》在思想境界、艺术境界上都达至前所未有的高度，可谓集大成者。

取经引发西游故事

唐代，玄奘前往印度取经，成为了历史上惊天动地的壮举。归国后，玄奘口述西行见闻，由门徒辨机辑录成《大唐西域记》，后来其弟子慧立、彦悰又写了《大唐大慈恩寺三藏法师传》，记述了他的取经经历。两书主要是纪实，其中部分内容也带有传奇性和神异性。

南宋时期，西游故事由历史向神话转变，在这一时期，刊印了的讲经话本《大唐三藏取经诗话》。在这部书里，已出现了三藏法师、猴行者、深沙神的形象，并勾画出了《西游

记》的大体框架。

元代，西游故事进入了评话与戏曲创作，在当时，西游故事在元代杂剧中得至充分表现，并进一步神怪化，尤其是杨景贤的《西游记杂剧》，首次出现了猪八戒的形象，猴行者也演变为齐天大圣孙悟空。

元明之际，出现了一部《西游记平话》，它发展了西天取经的主体故事，孙悟空的形象已相当生动。至此，西游故事的主要人物和情节结构已大体定型。

明代中叶，有个文学大家名叫吴承恩，他一生不同流俗，刚直不阿。他才高而屡试不第，壮志未酬，只能空怀慷慨，抚事临风叹息，很可能与他不愿做违心之论以讨好上官有关，生活困顿给吴承恩带来的压力并不小于科考的失利。

父亲去世以后，吴承恩需要操持全家的所有开支，但他却没有支撑门户的能力，更没有养家糊口的手段。品尝了社会人生酸甜苦辣，开始更加清醒地、深沉地考虑社会人生的问题。

吴承恩官场的失意，生活的困顿，使他加深了对封建科举制度、黑暗社会现实的认识，促使他运用志怪小说的形式来表达内心的不满和愤懑。

于是，吴承恩对流传久远的西游故事，进行创造，开始写作一个关于西游的长篇神魔小说。吴承恩将《西游记杂剧》中孙行者的形象进行了演变。

吴承恩的家乡，自古淮水为患，很早就产生了与治水有关的神话传说。无支祁就是大禹治水时收服的一个水神，他原是一个神通广大的猴精，后来被镇锁在淮阴龟山脚下。而吴承恩根据无支祁的形象而演化塑造了孙悟空的形象。

那么孙悟空又是从哪里来的呢？猴子应该住在山上，可吴承恩的老家淮安看不到山，孙悟空的"老家"究竟是个什么样子？吴承恩心中不明。

吴承恩听说淮安东北100千米远的地方有座大山，叫"云台山"，常有人到那儿去烧香敬佛。于是，吴承恩就决定去实地看看。

吴承恩离开家乡，听说云台山在海里，与大地并不连接。他请一位老渔民帮忙，在海上漂流一天一夜，方才上了云台山，住在一座大庙里。云台山，前有前云台，中有中云台，后有后云台，大大小小136个山头，连绵100多千米。但他不愿就此罢休，还是继续四处寻游。

一天傍晚，吴承恩转到一个弯弓似的山脚下，发现这里花草繁多，苍松翠柏，交相掩映，有一棵松树倚崖屹立，如同一把盖天大伞，非常壮观。吴承恩找到一个樵夫询问，得知这儿叫"蔷薇峰"。

吴承恩请樵夫做向导，打着灯笼，穿过桃树林，进入神秘的山洞中，他被眼前各种奇形怪状、千姿百态的大小山洞吸引住了。圆的、方的、窄的，洞与洞还互相通连。樵夫把吴承恩领到一个像间房子那么大的山洞里，只见里面有很多又光又圆的大石头。

樵夫说，很久以前，一只老猴子，带着一群小猴子到这儿找果子吃。老猴子看见一条瀑布从山顶直泻下来，就叫小猴子进去看看。

小猴子你看我，我看你，没有一个敢进去。

老猴子就自己冲过去，睁眼一看，原来是个大山洞，上面是山，下面是水，洞口挂着一条透明的水帘，确实是个隐蔽安身的好地方。后来，老猴子就让所有的小猴子都搬到这住，自己也就当起了猴王。

樵夫绘声绘色的叙说，引起了吴承恩的兴趣。他边看边想，边想边记。后来写作时，吴承恩就把蔷薇峰当做孙悟空的"老家"，那长满花果的大山，吴承恩就叫它"花果山"，挂着水帘的山洞，吴承恩就叫它"水帘洞"。

吴承恩又结合《西游记平话》中的故事，最终写成了一本长篇神魔巨著，吴承恩将它取名为《西游记》。

知识点滴

吴承恩的故居，坐落在淮安城西北的河下打铜巷最南端。到吴承恩故居去游览有东西两条路可进，西路由里运河堤东下，经汉代文学家枚皋的故里，从城河街穿过竹巷街进去；另一条是东路，由北门大街北端，从竹巷街向西进入。在竹巷街入口处有一座"吴承恩故里"牌坊。花园的假山的在假山的南侧，自西边船舫处起，有一湾池水绕山东去。水上有一座曲桥。桥北岸上，在假山与醉墨轩之间，有一太湖石，形似杆状，矗立在地上，非常奇特，上面写着"神针"两个字，这给吴承恩写《西游记》，为孙悟空的金箍棒带来灵感。于是，孙悟空的金箍棒便是东海龙王送给他的定海神针了。

奇幻多彩的人物形象

《西游记》是我国文学史上一部最杰出的充满奇思异想的神魔小说。作者吴承恩运用浪漫主义手法，描绘了一个色彩缤纷、神奇瑰丽的幻想世界，创造了一系列妙趣横生、引人入胜的神话故事。

在奇幻世界中曲折地反映出世态人情和世俗情怀，表现了鲜活的人间智慧，具有丰满的现实血肉和浓郁的生活气息。《西游记》的艺术特色，可以用两个字来概括，即"幻"和"趣"。幻，是奇幻，趣，是奇趣。

首先是"幻"。小说通过大胆丰富的艺术想象，引人入胜的故事情节，创造出一个神奇绚丽的神话世界。《西游记》的艺术想象奇特、丰富、大胆,孙悟空活动的世界,有光怪陆离的天上神国,有幽雅宁静的佛祖圣境,有阴森可怕、鬼哭狼嚎的阴司冥府,有碧波银浪翻滚,瑶草奇花不谢的洞天福地,也有富丽辉煌、水晶般的龙宫,还有"天龙围绕、花雨缤纷"的西天。

唐僧师徒3人走过流沙河八百里浑波涌浪,火焰山八百里腾腾火焰,观音落伽山的蓝色大海上,在千万朵莲花盛开,一片紫色的竹林护绕,有着佛国圣地虚无缥缈的地方。

孙悟空在天宫管蟠桃园时,从王母娘娘那里来的7个仙女,仿佛7只彩色的花蝴蝶,手提花篮飘然来到蟠桃园采桃,却找不到管家,原来孙悟空吃饱了桃子,变成两寸来长的小人儿,在大树梢头的浓叶下睡着了。

这种近于童话的幻境,实在是有趣,就连妖怪的洞往往也是风光绮丽。在这个世界上,有各种各样稀奇有趣的妖怪,如盘丝岭的蜘蛛精能从肚脐孔中冒出粘、轻、沾人的丝绳,满天搭个大丝篷,把人罩在当中,谁也逃不了。

黄风怪"呼"地一吹,能吹得天摇地动,日荡星乱,河翻山崩,孙悟空在半空中似纺车儿一般乱转真是千奇百怪,丰富多彩。

孙悟空能上天入地，穿山过海，无所不至，无拘无束。他与二郎真君斗法，孙悟空一会儿变作一只麻雀，一会儿变作一只鹚老，一会儿变作一条小鱼，一会儿又变作一条水蛇，最后变作一座土地庙，只有尾巴不好变，竖在后面，变作一根旗杆。

孙悟空还钻到青毛狮子怪的肚子里打秋千，竖蜻蜓，翻筋斗。他与妖道作斗争，充分展示他的智慧和武艺，用铁棒变作剃刀，用毫毛变出无数理发匠，一夜之间使得国王皇后嫔妃宫女五府六部的官员，全成了秃子，因而使唐僧安全通过。

孙悟空在兴道灭僧的车迟国与三大怪进行合法斗争，各显神通，充满奇思异想。先是比求雨，他用毫毛变一个假悟空站在那里，真身却出了元神，到天上去命令管风，管雨，管雷的神，不准帮助道士，致使道士做法失败。后又与虎力大仙与唐僧比坐禅，行者变成一个蜈蚣去叮那道士，又取得胜利。

随后又进行隔板猜物，孙悟空又将袄裙变成一口钟，将仙桃吃了只留下一个桃核，将道士变成和尚，又取得胜利。最后又赌砍头能安上，剖腹能长完，下油锅洗澡不会烫伤，黄毛怪的头被孙悟空变成的一只黄犬衔去丢在河边，最后现出原形，原来是一头无头的黄毛虎。神奇莫测的笔墨，令人匪夷所思。

作者运用这奇幻的思想还成功塑造了孙悟空这个超凡入圣的英雄形象。孙悟空热爱自由，勇于反抗，西天取经表现他见恶必除，除恶务尽，不畏艰险，一路降妖伏魔的斗争精神的形象备受人们的喜爱。

　　当然，英雄人物的造就，离不开其生存的土壤，他完美的性格品质根源于人们心目中的理想和渴望。孙悟空的形象之所以能家喻户晓，在于他富有传奇色彩的成长经历和独具魅力的英雄形象。孙悟空的诞生在文中是这样描述的：

> 每受天真地秀，日精月华，感之既久，遂有灵通之意，内育仙胞，一日迸裂，产一石卵，似圆球样大。因风化一石猴，五官俱全，四肢皆备。

孙悟空的出场就已经为他以后的不凡埋下了伏笔。孙悟空是一个个性十足的人物。《西游记》的情节发展史就是孙悟空形象性格的形成史、发展史，作品是围绕着孙悟空如何战胜各种妖魔鬼怪险阻艰难来结构全文的。

孙悟空从石头中蹦出到花果山称王，从东海学艺到大闹龙宫，孙悟空是在为个人的生存而奋斗。这个阶段的孙悟空就是在为自己和他的猴子猴孙们谋求能生活在妖、神世界的资本。可以说是为他的生存而抗争。这个阶段的孙悟空为了生存，活得风光得体，他敢向海龙王、阎王、玉皇大帝等讨回尊严。

后来，孙悟空只身泛海，访师，求道，学会了七十二般变化和一个跟头可翻十万八千里的本事。并大闹龙宫，从龙王手中得到一万三千斤的"如意金箍棒"。入冥府，勾掉生死簿上猴名，不再受阎王的管辖。

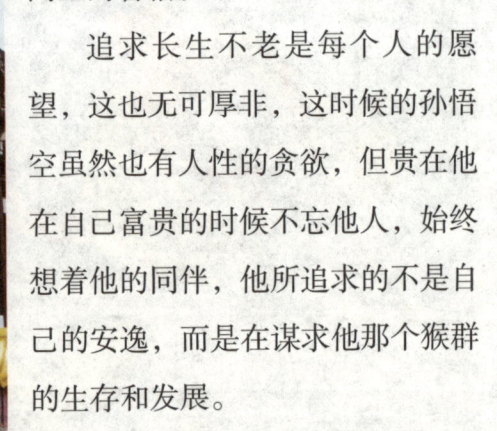

追求长生不老是每个人的愿望，这也无可厚非，这时候的孙悟空虽然也有人性的贪欲，但贵在他在自己富贵的时候不忘他人，始终想着他的同伴，他所追求的不是自己的安逸，而是在谋求他那个猴群的生存和发展。

后来，孙悟空从大闹天宫到被压五指山下，到金箍套头，这时候的孙悟空在追求个人自由和幸福，他更像一个理想主义者，不屈服于

任何权贵和腐朽规则的束缚和压抑。

敢于向权贵挑战需要非凡的勇气，需要以大无畏的精神质疑权贵的非法性，因为权贵要维持自身的利益，就要千方百计地维护权威，甚至不惜以残害屠戮的方式镇压那些敢于向权威挑战的勇士。

我国历朝历代都有敢言直谏、为民请命者，廉洁奉公、不畏强权、执法如山的勇士，如东汉时期的董宣，唐代的魏征，宋代的范仲淹、包拯，明代的海瑞、刘宗周，清代的张伯行等，这些人都值得民众永远缅怀。

这些人才是人们心目中的理想性的英雄，孙悟空就是这样的勇士。为了自由和幸福，为了自己活得有尊严，有光彩，不管是什么人，不管你地位有多高，仍然坚持斗争，绝不妥协。

孙悟空大闹天宫时见玉帝不跪。偷桃、偷酒，搅乱蟠桃会。窃取老君金丹，被炼成火眼金睛，使玉帝对他也无可奈何。对抗如来佛祖，提出"皇帝轮流做，明年到我家"的要求。

被如来以佛法镇压在五行山下500年后，他听从观世音菩萨指示，皈依佛门，拜唐僧为师，保护唐僧去西天取经。金箍套头限制了他自由的本性，在最后封为"斗战胜佛"时，最关心的还是金箍，而不是封号，他对唐僧说："趁早儿念个《松箍儿咒》，脱下来，打个粉碎，切莫叫那什么菩萨再去捉弄他人。"

孙悟空只是想捍卫自己"齐天大圣"的美誉，拥有他自己的天地，但不小心惹怒了天神权威，遭受到个人主义的惨败。但他依然没有放弃自己的抗争，500年的高山压顶，他没有丝毫屈服和退让，不惜用自己生命捍卫自由和尊严。孙悟空的这种对神佛桀骜不驯的作风，是一种对自由的捍卫精神，是一种对人权的维护精神。黑暗势力再强大也不能阻止他自由的理想。

孙悟空仇恨一切残害苍生的妖精魔怪，他对受苦受难的群众和一切善良的人们却有着深厚的感情。孙悟空形象的这一特点，寄托了古

代人民要彻底铲除邪恶势力的强烈愿望，表达了广大人民要求团结斗争争取自身解放的坚强决心。

取经路上，孙悟空一路降妖伏魔，对这些残害百姓，兴妖作怪的妖魔毫不留情，面对受苦受难的百姓敢于解救，是百姓心目中的"救世主"。

在车迟国，他救了500名和尚。在隐雾山，他打死豹子精，救出贫困樵夫让他们母子团圆。在通天河，他消灭了一年吃一对童男童女的金鱼精，为当地人解除了一大灾难，得到当地老百姓的爱戴和拥护，当他们取经回到这里再遭难时，又得到全村老百姓的热情相助。

在乌鸡国和朱紫国，救治了两位国王。在凤仙郡，他不厌其烦不辞辛苦，求助玉帝，解救了全郡的百姓。在灭法国，救下了1万个和尚的性命。在比丘国，又救下了1000多个小儿的性命。在祭赛国，杀死

了祭赛国国王，替两代和尚申了冤，报了仇。

小说中就通过书中人物之口，赞美孙悟空"专救人间灾害"，"与人间抱不平之事"。孙悟空疾恶如仇，为苍生谋福祉的英雄举止，使之最终修得正果，为天下人所敬仰。去西天取经，这本来就是一件为民造福的事业，佛祖传三藏经于世，正是为了度化众生。

在这样一件伟大的事业中，孙悟空获得参与的资格和他实际的参与，已经是在为人民造福了。而之后路上的一切除害行为，只是造福人民的延续性行为。孙悟空已经脱离了专为自己斗争的性质，而是为了受苦受难的老百姓、为了弱者而斗争。

这个阶段的孙悟空是《西游记》这部作品塑造人物最精彩的一部分，孙悟空不再是在为个人而战斗，而是为一个社会，为受苦受难的劳苦大众。他的抗争经历正是那个黑暗而多难社会，苦难人民抗争的鲜明写照。

孙悟空为个人生存而抗争，为个人自由而抗争，为社会幸福而抗争，这3个阶段就是孙悟空入世追求的过程。3个阶段是紧密相连而相对独立，它们共同描绘出了孙悟空形象发展的轨迹。为生存而战也是为自由而战，为生存学得本领才能为社会谋福祉。

由"美猴王"到"齐天大圣"再到"斗战胜佛"，孙悟空一生走过了一个不平凡的战斗历程。生命从"自发"到"自觉"再到"自为",我们看到一代英雄人物的成长过程,抗争历程完美地展现了他的英雄性。

同时,孙悟空天真烂漫的性格也备受人们喜爱。孙悟空大闹天宫。孙悟空守蟠桃园监守自盗,将"千年一熟,人吃了霞举飞升,长生不老"与"九千年一熟,人吃了能与天同寿"的熟桃掠食一空。还将蟠桃宴上的玉液琼浆,百味八珍,佳肴异品,偷食了个饱,又推倒太上老君的八卦炉。

这段故事生动地塑造了一个蔑视皇权、敢于造反的孙悟空的英雄形象,可以看出他叛逆、不愿受拘束、不墨守成规的个性。

还有在取经路上,孙悟空故意叫猪八戒去巡山探路,自己则变成小虫,暗中监视爱偷懒的猪八戒。还有孙悟空为救乌鸡国国王向太上老君要金丹,老君开始硬是不给,讨价还价,可最后还是拿出一颗。悟空假装要尝尝,试试真假,一口吞下。

这两个事可以看出孙悟空精明顽皮，还有一点爱捉弄人，他虽奉命保唐僧上西天取经，但仍有猴性。孙悟空是《西游记》中最光辉的形象，也是最可爱的形象。

浪漫的幻想，源于现实生活，在奇幻的描写中折射出世态人情。《西游记》的人物，情节，场面，乃至所用的法宝，武器，都极尽幻化之能事，但却都是凝聚着现实生活的体验而来，都能在奇幻中透出生活气息，折射出世态人情，让读者能够理解，乐于接受。

例如，无限夸大孙悟空的神通，可以写他略施小技，像变戏法一样，就能使灭法国各色人等在一夜间都变成秃子。但作者并没有直截了当让孙悟空变戏法，而是让他用铁棒变剃刀，用毫毛变剃头匠，然后才分头去将那些人的头发都剃得精光。所以《西游记》的幻想，总是这样在奇幻描写中透出常情常理，这就是它的高明之处。

《西游记》正是作者利用传统的神话题材，以浪漫主义的创作手法，寄托了自己的理想和爱憎的。只有作者灵妙的文心才能衍生出奇幻的文笔，全书飞动的艺术想象，让孙悟空那种天马行空，无拘无束的形象所传达出的意气精神，正相一致。

知识点滴

《西游记》奇异的幻想并不单是纯技巧的运用，还源于作者开放无拘的艺术思维。吴承恩自幼敏而多慧，博及群书。他好奇闻，阅读大量野言稗史，又喜读，善摹写物情的唐人传奇，从中吸取营养。

他在《禹鼎自序》中自述："余幼年即好奇闻。在童子社学时，每偷市野言稗史，惧为师父呵夺，私求隐处读之。比长，好益甚，闻益奇。迫于既壮，旁求曲致，几贮满胸中矣。"

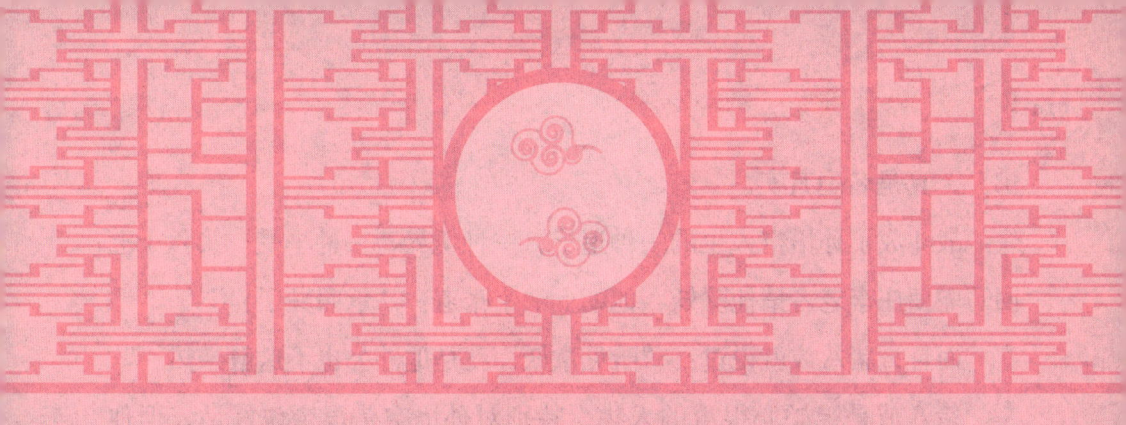

极具趣味的故事情节

  《西游记》的艺术魅力，除了它的奇异想象，就要数它的趣味了。在我国古典小说中，《西游记》可以说是趣味性和娱乐性最强的一部作品。虽然取经路上尽是险山恶水，妖精魔怪层出不穷，充满刀光剑影，孙悟空的胜利也来之不易，但读者的阅读感受总是轻松的，充满愉悦而一点没有紧张感和沉重感。

  《西游记》的奇趣，跟人物形象的思想性格相辉映。孙悟空的形象有一个显著的特点，就是乐观豪爽，所谓"人间喜仙"，具有一副天生的喜剧性格。他以斗妖为乐，以斩魔为趣。他修成正果时的名号叫"斗战胜

佛",真是名副其实。

战斗成了孙悟空人生的一种追求,一种境界,一种享受。第六十七回写驼罗庄李老者请他除妖,他朝上唱个喏道:"承照顾了!"

而且,猪八戒就说过:"听见拿妖,就是他外公也不这般亲热。"

猪八戒是嫉妒心很重的人物,特别对孙悟空是很少说好话,但他也这样赞扬孙悟空,说孙悟空确实是个钻天入地,斧砍火烧,下油锅都不怕的好汉,也从侧面说明孙悟空的战斗精神。

孙悟空从来不承认失败,失败了也仍是一个英雄。第五十回至第五十二回写他在金兜山和独角大王相斗,连战一天一夜,越战越强。就是吃了败仗,被压在三座大山之下,也从不气馁,总是满怀必胜的信心,充满乐观精神。

在第七十七回写他们师徒4人被妖怪捉住,唐僧哭鼻子,说孙悟空被捉走了,今番没命了。八戒和沙僧也无可奈何,只好随声痛哭。唯

有孙悟空却笑道："师父大可放心，兄弟莫哭，凭他怎的，决然无伤。等那老魔安静了，我们走路。"

这种喜乐的精神境界总给人一种轻松愉悦感。一个"喜"字，提示了孙悟空最重要的精神品格。因此，再艰苦的战斗，他都能举重若轻，当做一场游戏。

在第二十二回，写猪八戒在流沙河岸边与那个"一头红焰发蓬松，两只圆睛亮似灯"的狰狞妖怪作战，孙悟空在一旁看得技痒，小说有这样一段描写：

> 那大圣护了唐僧，牵着马，守定行李，见八戒与那怪交战，就恨得咬牙切齿，摩拳擦掌，忍不住要去打他，掣出棒来道："师父，你坐着，莫怕。等老孙和他耍耍儿来。"
> ……
> 被行者抡起铁棒，望那怪着头一下，那怪急转身，慌忙躲过，径钻入流沙河里。气得八戒乱跳道："哥啊！谁为你来的？那怪渐渐手慢，难架我钯，再不上三五合，我就擒住他了！他见你凶险，败阵而逃，怎生是好！"
>
> 行者笑道："兄弟，实不瞒你说，自从降了黄风怪，这个把月不曾耍棍，我见你和他战的甜美，我就忍不住脚痒，

故就跳将来耍耍的。哪知那怪不识耍,就走了。"

在文中,孙悟空视战斗为"耍耍",可见对于孙悟空而言,与妖怪战斗实在是兴味无穷的。《西游记》的作者正是以与孙悟空同样的兴味无穷的态度来描写西行路上一场接一场的险恶战斗的。

在第四十六回写在车迟国斗法,甚至比砍头、剖腹、下滚油锅洗澡,这样令人惊心变色的较量,在孙悟空眼里,在作者的笔下,竟也视作儿戏。孙悟空是这样说的:"砍下头来能说话,剁了胳膊打得人。斩去腿脚会走路,剖腹还平妙绝伦。"

还满不在乎地说:"我当年在寺里修行,曾遇着一个方上禅和子,教我一个砍头法,不知好也不好,如今且试试。"

说得何等轻松!等到头真的被砍下,却又从腔子里飕的一声长出一颗头来。

斗完后走过来道一声"师父!"

唐僧问他:"徒弟,辛苦吗?"

孙悟空却回答说"不辛苦,倒好耍子。"

这样轻松愉快的战斗场面在《西游记》中有很多。孙悟空是这样兴味无穷地斗妖斩怪,作者也这样兴味无穷地描写斗妖斩怪,读者读起来也会同样地兴味无穷。

猪八戒形象的性格特征也是充满谐趣的。如果说在孙悟空身上更多的是闪烁着理想的光辉,那么,在猪八戒身上则更多地浸染着现实的油彩。

猪八戒有农民的憨厚朴实,却又自私懒惰,他几次挑唆唐僧赶走孙悟空,但又不得不去花果山请孙悟空回来;生怕妖精捉住自己,但偏偏妖精首先捉到的就是他;在和妖魔激战时,他往往临阵借口脱逃,但又惦念着怕孙悟空独占头功,于是忙忙赶回来补上几耙。而且

他好耍点小聪明，却又常常弄巧成拙。

　　作者以一种善意调侃的态度描写这个人物，时时让他出一点洋相来博取读者的笑乐。但猪八戒滑稽可笑，却也可亲可爱。他那猪似的本分老实及猪似的笨拙和聪明，都讨人喜欢，何况他能劳动，吃苦，干活不嫌脏、不怕累。取经路上都是由他挑行李，过八百里荆棘岭时由他开山。

　　在与妖魔作战中，猪八戒虽多次被捉，始终也不向妖怪屈服。如第四十一回写大战红孩儿时，他受骗被捉，被装到一个口袋里吊起来，准备过三五日蒸熟了赏给小妖下酒。八戒听说，在里面骂道："泼怪物！十分无礼！若论你百计千方，骗了我吃，管教你一个个遭肿头瘟！"

　　这报复的心思和骂语，都是猪八戒特有的，妙趣横生，令人忍俊不禁。更多的时候是通过取经队伍中4人的关系，特别是与孙悟空的关系，来表现猪八戒富于谐趣的性格特征。

　　如第三十二回，写孙悟空要猪八戒去巡山，目的一是让他先去试探一下妖怪本领；二是为了在师父面前揭露这呆子偷懒和爱说谎的毛病。果然不出孙悟空所料，他不但不去巡山，还编造了一大篇谎言：

猪八戒行有七八里路，把钉耙撇下，掉转头来，望着唐僧，指手画脚地骂道："你罢软的老和尚、捉掐的弼马温，面弱的沙和尚！他都在那自在，撮弄我老猪来锵路！大家取经，都要望成正果，偏是教我来巡什么山！哈！哈！哈！晓得有妖怪，躲着些儿走。还不彀一半，却教我去寻他，这等晦气哩！我往那里睡觉去，睡一觉回去，含含糊糊的答应他，只说是巡了山，就了其帐也。"

那呆子一时间侥幸，拽着钯，又走。只见山坳里一弯红草坡，他一头钻得进去，使钉耙扑个地铺，轱辘的睡下。把腰伸了一伸，道声："快活！就是那弼马温，也不得像我这般自在！"

后来孙悟空变了个啄木鸟将猪八戒啄醒，猪八戒大吃一惊，以为是妖怪，见没有动静，就说："无甚妖怪，怎么戳我一枪吗？"

抬头发现原来是一只啄木鸟时，又这样说："这个亡人！弼马温

欺负我罢了,你也来欺负我!我晓得了,他一定不认我是个人,只把我嘴当一段黑朽枯烂的树,内中生了虫,寻虫儿吃的,将我啄了这一下也。等我把嘴揣在怀里睡吧。"

以后孙悟空又变成一个小虫子,将猪八戒的一言一行都看在眼里,在唐僧面前加以揭露。这里,孙悟空是调侃他,也是教训他,就在这调侃和教训里,便活现出猪八戒的性格,因为充满谐趣而使读者获得了一种欣赏喜剧般的审美愉悦。

又如第七十六回,写在狮驼岭与三大怪相斗孙悟空故意让猪八戒去和二怪相斗,目的是教训他:"也教他吃些苦恼,方见取经之难。"

猪八戒在整个斗争过程中都有许多惊人的妙语。如出战时对孙悟空说:"去便去,你把那绳儿借与我使使。"

悟空问他要来何用,猪八戒回答说:"我要扣在这腰间,做个救命索。你与沙僧扯住后手,放我出去,与他交战。估着赢了他,你便放松,我把他拿住;若是输与他,你把我扯回来,莫教他拉了去。"

这当然是猪八戒式的聪明,也是猪八戒式的天真,实际则是作者用游戏笔墨对他的调侃。后来他被妖精用鼻子卷走,老怪一看捉的是猪八戒而不是孙悟空，就说："这厮没用。"

猪八戒一听说，马上就接着说："大王，没用的放出去，寻那有用的捉来吧！"

但妖怪仍是不放他，还将他浸泡在池塘里，说等浸退了毛，好晒干了腌来下酒。孙悟空变化成一个勾魂的鬼差使去勾他的魂，他请求缓一日再来勾，说："死是一定死，只等一日，这妖精连我师傅们都拿来，会一会就都了账呀！"

他想师傅也想得很特别，连还要护送师傅到西天取经这么大的、这么神圣的任务都抛至脑后，却说大家一起"了账"。这真是又可气，又可笑。

《西游记》中人物的性格常常通过富于谐趣的对话得到生动的表现，这也是《西游记》充满奇趣的又一大特点。孙悟空的语言总是那么简洁、明朗、痛快，充满豪爽而又快乐的情绪。

而猪八戒的对话，却总是妙趣横生，令人忍俊不禁，处处都表现出他那呆头呆脑却又自作聪明的性格特征。如第二十三回，黎山老母等四位菩萨化为4个美女，考验师徒4人在美色面前是否坚定。唐僧对妇人为3个女儿求婚不理不睬，而猪八戒却很想留下来做女婿。他的一段话最有特色，生动逼真地表现出他的思

想性格：

那八戒闻得这般富贵，这般美色，他却心痒难挠，坐在那椅子上，一似针戳屁股，左扭右扭，忍耐不住。走上前扯了师父一把道："师父！这娘子告诉你话，你怎么样样不睬？好道也做不理会是。"

后来妇人生唐僧的气，说："……好道你手下人，我家也招收一个。你怎么这般执法？"

唐僧叫道："悟空，你在这里吧！"

偏不叫猪八戒留下。悟空不愿，说"我从小儿不晓得干那般事，教八戒在这里吧！"

一句话终于挠着了他的痒处，于是道："哥啊，不要栽人么。大家从长计议。"

后唐僧又叫沙僧留下，沙僧也不肯。那妇人急了，把门关上生气走了。这时八戒急的心中焦躁，埋怨唐僧道："师父忒不会干事，把话通说杀了，你好道还活着些脚儿，只含糊答应，哄他些斋饭吃了，今晚落得一宵快活，明日肯与不肯，在乎你我了。似这般关门不出，我们这清灰冷灶，一夜怎过！"

后来沙僧劝八戒道："二哥，你在他家做个女婿吧！"

八戒正巴不得，口里却说："兄弟，不要栽人，从长计议。"

后来孙悟空点破他，断然又有此心，说"呆子，你与这家子做了女婿吧！只是多拜老孙几拜，我不检举你就罢了。"

那呆子道："胡说！胡说！大家都有此心，独拿老猪出丑。"

后来借口放马，单独出去跟那妇人和她的3个女儿接触，当那妇人说："既然干得家事，你再去和你师父商量商量看，不尴尬，便招你吧！"

八戒道："不用商量，他又不是我的生身父母，干与不干，都在于我。"

这一系列对话，在遮遮掩掩，半推半就中透露出八戒心痒难耐的微妙心理，真是情趣横生。

猪八戒也有勤劳的一面。师徒4人西天取经，最执著的要算唐僧，最风光的要算悟空，最不起眼的要算沙僧，而最辛苦而又默默无闻的恐怕要算猪八戒。

取经的道路上，最苦、最累、最脏的活儿都是由猪八戒干。比如在第二十三回中，八戒不禁叫苦道："哥啊，你看看数儿吗！四片黄藤篾，长短八条绳。又要防阴雨，毡包三四层。扁担还愁滑，两头钉上钉。铜镶铁打九环杖，篾丝藤缠大斗篷。似这般许多行李，难为老猪逐日担着走，偏你跟师

父做徒弟,我做长工。"

八戒的辛劳有目共睹,就连如来佛祖称赞他"挑担有功"。除了吃苦耐劳,猪八戒也有善良的一面。来到盘丝洞,唐僧要亲自化斋,八戒争着去,说:"师父没主张。常言道:'三人出外,小的儿苦。'你是个父辈,我等俱是弟子。古书云:'有事弟子服其劳。'等我老猪去。"

猪八戒的孝敬体贴之心溢于言表。另外,在人物描写上将神性、人性和自然性三者很好地结合起来,也是造成《西游记》奇趣的重要原因。所谓神性,就是指形象的幻想性;所谓人性,就是指形象的社会性;所谓自然性,就是指所具有的动物属性。

《西游记》展现了一个神化了的动物世界,同时又熔铸进社会生活的内容。孙悟空本来是一个猴子,他尖嘴缩腮,毛脸雷公嘴、罗圈腿、拐子步和红屁股,并且,在他的性格中也具有猴子的属性,比如机敏灵活,顽皮好闹,喜欢撩逗人等。

最典型的是在车迟国同妖怪斗法时，悟空比什么都不怕，但就是怕比坐禅。当妖怪提出要比"云梯显圣"坐禅时，孙悟空与猪八戒有一段很风趣的对话：

行者闻言，沉吟不答。

八戒道："哥哥，怎么不言语？"

行者说："兄弟，实不瞒你说，若是踢天弄井，搅海翻江，担山赶日，换斗移星，诸般巧事，我都干得，就是砍头剁脑，剖腹剜心，异样腾挪，却也不怕；但说坐禅，我就输了，我那里有这坐性？你就把我锁在铁柱子上，我也要上下爬踏，莫想坐的住。"

这都是表现了孙悟空的自燃性。而追求真理，主持正义，英勇无畏，疾恶如仇，敢于斗争，以及好胜，好戴高帽、好名、急躁等又是其人性。一个筋云斗十万八千里，七十二变等又是他的神性。这几方面在他身上集为一体。

猪八戒有猪的外形特征和生活习性，他长嘴大耳，身粗肚大，体态臃肿的猪身，贪吃好睡偷懒愚笨等，这又跟猪八戒的呆子性格和小私有者的落后意识完全一致，而他能三十六变，腾云驾雾为其神性。

许多魔怪的形象也具有这种鲜明的动物属性的特征。如蜘蛛精的肚脐里冒出丝绳织成大丝篷罩人；金翅雕一扇九万里，会飞起来拍人；玉兔跑得特别快；白老鼠精住三百多里深的地洞里，性格刁钻狡猾等。人物形象的动物特征，使得《西游记》具有童话的性质，得到人们的广泛喜爱。

《西游记》张开了幻想的翅膀，驰骋翱翔在美妙的奇思遐想之中，其幻想的思维模式，有着超现实的超前的意识。《西游记》的幻想艺术确是一份宝贵的思维财富和丰富的艺术财富。

另外，《西游记》既是一部诙谐幽默的"游戏之作"，又与现实人生息息相关。作品只不过是借助佛、道提供的虚幻意象和它们虚构意象的思路，来驰骋作家超凡脱俗的奇思妙想，编织出取经的奇幻故事，以供读者消闲娱乐，因而作品表现出浓郁的诙谐性和趣味性。

而作品"讽刺揶揄则取当时世态"，在一些细节场景乃至插科打诨中，作者信笔点染，旁敲侧击，无不切中时弊，因而作品又具有鲜明的时代特征和深深的时代烙印。

知识点滴

孙悟空形象应当来自我国民间传说的水怪无支祁。民间传说中，无支祁是一个神通广大的水怪，形似猿猴。大禹治淮水时，无支祁不光跳出来作怪，还搞得风雷齐作，木石俱鸣。

大禹很恼怒，后果很严重，他不仅召集群神，并且请来神兽夔龙作为援军，这才擒获了无支祁。而无支祁虽被抓，但还是击搏跳腾，谁也管束不住。于是大禹用大铁索锁住了他的颈脖，拿金铃穿在他的鼻子上，把他镇压在淮阴龟山脚下，从此淮水才平静地流入东海。

红楼梦

　　《红楼梦》是我国古代四大名著之一，作者为清代小说家曹雪芹。《红楼梦》是一部章回体长篇小说，原名《石头记》《情僧录》《风月宝鉴》《金陵十二钗》等，梦觉主人序本正式题为《红楼梦》。

　　红楼梦是一部具有高度思想性和艺术性的伟大作品，作为一部成书于封建社会清朝末期的文学作品，该书系统总结了我国封建社会的文化、制度，对封建社会的各个方面有深刻的触及，并且提出了朦胧的带有民主性质的理想和主张。

曹雪芹诞生贵族家庭

古称龙盘虎踞的石头城江宁作为清代朝廷在江南施行政令的头号重镇，清王朝把明代称作南京的这一地方，改名为"南唐"，旧称"江宁"，江宁府治就设于城内。其实，这个地方在之前也还称金陵。

在府治东北角，总督衙署前边有一条叫作利济巷的大街。这里坐落着一处较江宁府治和总督衙署更为富丽恢宏的建筑群，这便是赫赫有名的曹家江宁织造署的所在地。

曹家的江宁织造署是一座外观略呈正方形的大院落。署衙门前蹲坐着两只高大雄健的汉白玉石狮子。据说，这是一种显示主人身份与威严的镇物。从高大的朱漆大门看进去，深不可测，宛如当朝王公巨卿的府邸。

江宁织造署的建筑规划整体布局分为东、中、西三路。东路为署衙正院，可以谓之办公区。屋宇层叠错落，有六进之深，中路是眷属内宅，回廊环绕，厅堂相连，形成了一个独立严整的起居三舍，西路则是一座内花园，园子里假山叠翠，花木扶疏，清池扬波，禽鸟鸣唱。主人称之为"西园"，或习惯上叫做"西池"。

时值盛夏，整个署衙院落里，林木葱郁，枝柯相接，竹树联袂投于地下的浓荫，与天际山雨欲来的滚滚乌云叠合，恰像一个硕大的华盖笼罩下来，让人感觉有些压抑和沉闷。

的确是这样，曹家连年屡遭不幸，非常不顺利。1712年，最受康熙皇帝宠爱信赖的江宁织造曹寅去世了。经过这位老皇帝的特谕恩准，于是由曹寅的长子曹颙承袭了父职，继任了江宁织造。谁想这曹颙命运不济，刚接任不满3年，就身染重病，因医治无效，于1714年也命归黄泉。

康熙哀痛之余，可怜曹家屡遭变故，人丁不旺，为了挽救这一家族的颓运，特又传下诏书，命时已亡故的曹寅弟弟曹宣的儿子曹𬣙过

继到其名下，以侄为子，承嗣曹寅一脉的香火，仍袭任江宁织造这一重要世职。

1715年，曹頫开始走马上任。那时候，曹颙的丧事刚刚料理完毕，整个织造府署里，都还处在举哀守丧之期。至这年的农历五月，有一天，天空阴云越聚越浓重，闪电划过，紧接着便响起"轰隆隆"的雷声。一阵凉风，挟着蚕豆般大的雨滴，"噼噼啪啪"落了下来，好一场暴风雨。

在大雷雨中，曹府内宅里人影幢幢，进进出出，好像在忙碌着一件什么要紧的事情。不多时，曹颙寡妻马氏分娩的喜讯终于传了出来。这喜讯首先是由丫环禀报到曹寅的遗孀李老夫人所居住的萱瑞堂里来："恭喜老祖宗，贺喜老祖宗，大太太喜得贵子，给您抱了长孙了啊！"

李老夫人闻讯，自然是乐得眼含喜泪，简直合不拢嘴儿。自从丈夫曹寅和儿子曹颙不幸相继亡故，她是日日想，夜夜盼，就指望着身怀六甲的寡媳马氏，能为曹家生育个男孩儿。那样子，也算曹家祖上有德，血脉宗室也就有继了。果然苍天有眼，李老夫人感觉，可要好好报答佑福曹家的神灵啊！

想着这些，李老夫人心里乐滋滋的，像注满醇酒一般。她禁不住眼望上苍，双手合十，连连谢天谢地。一时间，喜讯不胫而走，大家都知道曹府添人进口，得了一位小少爷。

曹頫闻讯，当然也显出一些喜庆的模样，他连连说："同喜，同喜。天恩祖德。"

曹頫立即放下公务，略微整一整衣着，离开衙署，快步赶回到内宅"萱瑞堂"里来，向母亲请安。这位母亲，就是曹頫昨日还唤作伯母的曹寅遗孀李老夫人。请安施礼后，曹頫便在一旁落了坐。

李老夫人说道："我看我这孩子有些来头，随着天上的甘霖降到世间，倒很应着一个吉字。而后又是呼雷闪电的，说不定是天神送他降世下凡排就的鼓乐、仪仗呢！送子娘娘沐雨栉风把他护送到我家，只怕将来必是个大福大贵之人。我看就应着这场及时好雨，先为我这娇孙孙起个名儿是正经。"

"母亲说得极是，孩儿这就去翻查一下经书。"曹頫连忙应道。

曹頫深知祖辈的家风，为子孙起名字都十分讲究，要出于经书的。依照先祖都取单字为名的先例，曹頫很快地从《诗经·小雅》的《信南山》篇，找到"益之以霡霂，既优既渥，既霑既足"这样的吟咏喜雨的诗句，念诵给李老夫人听。李老夫人比较再三，最后选定一个"霑"字，于是给这个小少爷取名曹霑，号雪芹。

康熙死后，继位的是雍正。雍正为了树立自己的威权，巩固统治地位，一面培植自己的力量，一面打击他父亲的亲信和其他兄弟的势力。曹家在这场皇亲间的斗争中受到牵连，

成了被打击的对象。

1728年，曹家被抄，曹雪芹的父亲曹頫也被革职，于是这"富贵流传已将百年"，这个大家族，一落千丈，衰败下来了，这时曹雪芹13岁。

曹頫带着全家老小，离开金陵，迁到北京。但是，这次抄家后，曹家似乎又有所恢复，虽不可能如先前兴隆，倒也有"百足之虫死而不僵"的味道。但是好景不长，乾隆年间，曹家又因政事横遭突变，第二次抄家就使曹家彻底破落，一贫如洗，这时曹雪芹20岁左右。

由于家境衰落，曹雪芹的后来生活极端困苦，曹雪芹的朋友敦诚、敦敏和张宜泉诸人的诗篇中有关曹雪芹的记录，从中就可以知道。在敦敏的《赠曹雪芹》中写道：

寻诗人去留僧壁，卖画钱来付酒家。
燕市狂歌悲遇合，秦淮旧梦忆繁华。

敦诚在《赠曹雪芹》中写道：

满径蓬蒿老不华，举家食粥酒常赊。
衡门僻巷愁今雨，废馆颓楼梦旧家。

从这些诗句中，可以看出曹雪芹的贫困生活。房屋破败，全家穷到吃粥，酒钱也付不出，靠卖画来贴补家用。秦淮风月，金陵脂粉的旧日繁华，同今天的衰败零落形成了一个鲜明的对照。

敦诚说他"于今环堵蓬蒿屯"。敦敏《访曹雪芹不遇》中说"柴扉晚烟薄，山村不见人"，张宜泉在《和曹雪芹西郊信步憩废寺原韵》的诗里，有"寂寞西郊人到罕"之句，在《题芹溪居士》诗里有"庐结西郊别样幽"之句，这些都是曹雪芹从"花柳繁华地，温柔富贵乡"跌落到"满径蓬蒿老不华，举家食粥酒常赊"的穷困境地的证明。

曹雪芹在这种穷困潦倒的境况下，回想自己家族的百年繁荣和最终的没落，提笔将自身经历和辛酸之泪记录下来，创作了一篇长篇章回体小说，取名《红楼梦》。

知识点滴

从曹雪芹的曾祖曹玺到他的父亲曹頫三代四人近60年世袭江宁织造，他的祖父曹寅更是多任了苏州织造和两淮盐政监察御使。清代两淮巡盐御史李发元在《两淮巡盐御使题名碑记》说："两淮税课，当天下租庸之半，损益盈虚，动关国计。"由此说明两淮盐政监察御使的重要性。

"织造"这个官职虽无品级，却是内务府的肥缺，也是皇帝的近幸，是当时一个有钱有势的要职，他们替皇帝置办宫廷的衣服装饰及日常用品，是实际的皇商。

生活阅历融入小说

曹雪芹的祖辈所曾经创造过的典型的封建大家族的环境，对曹雪芹的文学创作产生了巨大的影响，如果曹雪芹没有那一段"亲见亲闻"的贵族生活经历，他就不可能创作出《红楼梦》。

曹雪芹在这个家庭里积累了丰富的生活经验，这使他的《红楼梦》好像生活的再现。在《红楼梦》里三天两头开宴，各种吃食菜肴五花八门。配料、烹饪、用具都写得极为详细。而且《红楼梦》写了四百多人物，频繁出场的也有近百人，他们的服饰装束各有不同。

还有在第五十二回"勇晴雯病补孔雀裘"更加突出表现了曹

雪芹在这方面的高超技艺。在第五十二回中，俄罗斯进献给皇帝用孔雀羽毛做成的孔雀裘，皇帝给了贾府，贾母给了宝玉，宝玉穿上第一天就烧了个洞，吓得宝玉不知如何是好，婆子捧着孔雀裘出去找最高明的缝衣匠缝补，没人敢接，怡红院一片混乱，都没了主意。

这时晴雯正发高烧，一阵阵昏晕，但当她得知此事时，挺着病体用了一夜的时间，补全了孔雀裘。文中对于晴雯织补的描写非常细致，由此也可以看出曹雪芹有着丰厚的贵族家庭经验，文中写道：

> 晴雯听了半日忍不住，翻身说道："拿来我瞧瞧罢，……说不的我挣命罢了！"
> ……
> 晴雯先将里子拆开，用茶杯口大小一个竹弓钉绷在背面，再将破口四边用金刀刮的散松松的，然后用针缝了两条，分出经纬，亦如界线之法，先界出地子来，后依本纹来回织补。补两针，又看看；织补不上三五针，便伏在枕上歇一会。

......

> 一时听得自鸣钟已敲了四下,刚刚补完,又用小牙刷慢慢地剔出毛来。宝玉忙要了瞧瞧,笑道:"真真一样了。"

在《红楼梦》中贾宝玉就连给女孩子做女红之类的事也十分精通,那都是因为曹雪芹曾经做过。《红楼梦》里的那些女孩子都是在少年时代就博通古今,才华横溢,这也与曹雪芹少年就已拥有丰富学识有关。曹雪芹学识的渊博也完全可以从《红楼梦》里得到证明,《红楼梦》里,曹雪芹涉及了历史、哲学、伦理、宗教、文学、法律、医学、园林学、绘画等多方面知识领域。

《红楼梦》里也多处涉及佛家,贾宝玉在林黛玉和史湘云那里受了委屈,感到无趣,想出家,就写了一个佛家的偈语:

你证我证,心证意证。是无有证,斯可云证。无可云

证，是立足境。

曹雪芹的过人之处，还在于他不因祸变而消沉，不因穷困而潦倒，反而更激发他对时代和社会的深入思考，他的遭遇正是他思想升华的契机。

由于在曹家由辉煌走向衰落的过程中，曹雪芹看清了世态炎凉，所以《红楼梦》中也蕴含了曹雪芹对人性、世事的很多感悟。

曹雪芹经历了繁华和落败，深感人生的聚散无常，所以《红楼梦》在讲无常，如红楼梦中的一首"恨无常"暗示了贾元春当了贵妃，但繁华短暂，早早夭折。

还有《红楼梦》讲因果。王熙凤为人两面三刀，功于算计，最后死在自己的算计之上。但是王熙凤在整部小说中也有过一次慈悲心肠，那就是接济了刘姥姥，而这唯一的一次好心就换来了好报，贾家落难后，王熙凤的女儿巧姐被卖到妓院，正是刘姥姥的好心，巧姐得救，可见红楼梦的因果观念。

《红楼梦》还在讲聚散，林黛玉与贾宝玉从初次相见便两情相悦，此后更是情投意合，恨不得一刻也不分离，可就是这样一对两情相悦的璧人最终也没有走到一起，而是阴阳两相隔。

另外，从宝黛的故事中我们也看到，红楼还讲了因缘，贾宝玉与林黛玉是前世的缘分，木石前盟。而贾宝玉与薛宝钗是现世的缘分，金玉良缘。所以不论宝黛多么情投意合那也只不过是前世的缘分，今世难再聚首。

从这些内容，都可以看出曹雪芹的人生经历对其小说的架构起了多么重要的作用。另外红楼梦中的很多人物与曹家真实的人物是有很深的渊源的，例如贾元春与秦可卿，所以红楼梦可以说是曹雪芹的家族史和自传史。

红楼梦还寄托了曹雪芹很深的悲悯之情，同情之情。曹雪芹借贾宝玉明确地表达了他的这种悲悯之情。首先宝玉对待下人是心灵上的平等，从来没有高人一等的想法。并且，宝玉对弱者有着深深地同情之心，晴雯重病，宝玉亲自去探访。对身边犯了错的丫鬟也从来不像王夫人等人一样责骂。

此外，红楼梦还传递很多为当时所不齿的思想。首先，宝玉不爱读书，更是厌恶功名利禄，这是曹雪芹借宝玉传达的叛逆精神，也批评和颠覆了儒家传统的观念。再有书中描写了宝玉与黛玉的小儿女情感，是一部青春之歌，是曹雪芹在借宝玉传达一种现代意识。

还有书中写刘姥姥进大观园时，刘姥姥与贾母的对比，以及贾元春探亲时，皇家的规矩与亲情的冲突，讽刺和批判了贵族文化。另外红楼梦颠覆了我国古代小说的传统，是一部女性小说，以众多女性形象为主要描写对象。

红楼梦还传达了众生平等的观念，除了上面提到的宝玉与下人的平等和对下人的同情，曹雪芹还在书中生动刻画了一个个丫头的形象，如具有母性特质的袭人，心比天高的晴雯，机灵善良的平儿，忠义的紫鹃，没有奴性的鸳鸯。

曹雪芹欣赏她们，并不因她们身份低微而瞧不起她们。同样也不因一些人出身高贵就另眼相看，如书中令人生厌的邢夫人。

最后要提到的就是红楼梦从头至尾都在贯穿着悲剧色彩，千红一窟，万艳同悲，红楼梦中无论是人物还是家族都体现了悲剧色彩。从男女青年理想失落写婚恋悲剧，从青春少女由生入死写人生悲剧，从四大家族的由盛转衰写社会悲剧，从而更进一步传达了整个时代和封建文化的悲剧。

总之，红楼梦全篇都脱离不了一个"情"字，其中寄托了曹雪芹对生命情感深深地眷恋以及失去后对生命的大彻大悟。

曹雪芹饱尝辛酸，历尽屈辱，生活境域一落千丈，却使他有机会接触社会，接触人民，使他视野扩大，头脑清新，把狭隘的牢骚和感慨逐渐变成为对整个社会、时代和家庭的冷静审视，对历史、人生、乃至爱情的深入探求，使他在思想精神上发生了重大飞跃和升华。

这种飞跃和升华也使他能创作《红楼梦》，并使《红楼梦》具有划时代的思想意义，成为流传千古的根本所在。

贾宝玉作为《红楼梦》的中心人物，是曹雪芹刻意塑造的一个意念性人物，在他的身上体现了作者的影子。作者把自己对社会和人生的思考、怨恨、企盼都熔铸到贾宝玉这个形象里。

贾宝玉是叛逆性格的代表人物，包含着对封建社会的封建道德原则的蔑视，对仕途经济的人生道路和男尊女卑的封建礼教的反抗。说他"草莽""愚顽""偏僻""乖张""无能""不肖"等，看来似嘲，其实是赞，因为这些都是借统治者的眼光来看的，实际上是赞扬贾宝玉的"叛逆思想"。

曹雪芹在写贾宝玉的时候，深刻地解剖自己和自己周围的人和社会，他的作品是一个总结式的作品，总结了一个人与社会方方面面的关系，也解剖社会对每一个人影响。他牢牢地把握住人的内心，什么样阶层的社会形成什么样的人物的性格。

宝玉身上有曹雪芹早年的影子，和每一代的世家贵族弟子一样，这些人身上都有着通病，每个公子哥儿都可能会有相同的生活方式，在这种类型的圈子里有一批类似红楼少女一样的知性女性人群。

并且，由《红楼梦》可以看出，曹雪芹的周围世界中的人物是很丰富的，也是一个舞文弄墨的公子哥，但是自古人生没有劳筋骨、伤体肤的之后，是不能有所成就的，文学也是一样。

曹雪芹在写这本书的时候，自述说道：

> 自欲将已往所赖天恩祖德锦绣纨绔之时、饫甘餍肥之日，背父兄教育之恩、负师友规训之德，以致今日一技无成、半生潦倒之罪，编述一集，以告天下人。

这段话的意思，撮其要者有3层："赖天恩祖德锦绣纨绔""背父兄教育、负师友规训"和"一技无成、半生潦倒"。表示自己也是经历了重大人生变故后，讲人生的感慨融入其中。同时，这也就是曹雪芹自己对贾宝玉这个人物的评说。

对于贾宝玉的形象描写，书中有不少词句，其中第三回"贾雨村夤缘复旧职林黛玉抛父进京都"中的两首词《西江月》。如此写道：

无故寻愁觅恨，有时似傻如狂。

纵然生得好皮囊，腹内原来草莽。

潦倒不通世务，愚顽怕读文章。

行为偏僻性乖张，哪管世人诽谤！

富贵不知乐业，贫穷难耐凄凉。

可怜辜负好韶光，于国于家无望。

天下无能第一，古今不肖无双。

寄言纨绔与膏粱，莫效此儿形状！

乍一看这两首词，还以为宝玉真的是一个不求上进、只爱脂粉的孽根祸胎。其实不然，纵观全书，这两首《西江月》都只是大家长对宝玉盼着他能够考中举人，以继承家业的良苦用心。正是借《西江月》寓褒于贬，充分概括了宝玉身上最突出的闪亮点，即叛逆性格。

在《红楼梦》中，贾宝玉产生了一种对于自由和平等生活的朦胧的向往与追求，他迷恋的大观园，是少男少女们的乐园，尽管其中少男少女们之间有等级，有不同的文化修养，但都有着年轻人的纯情和聪慧。

而作为"诸艳之冠"的贾宝玉，比较懂得人的价值和感情的价值，知道同情人，尊重人。在和女孩子们的交往中，特别是和女奴们的交往中，他一贯从内心表现出对她们的尊重。

其他女孩子们，也能相互尊重，主奴之间没有明显的隔阂与歧视，气氛和谐友好，行动较少受"礼"的拘束。他们在园中结社吟诗，才情和创造力得以充分发挥。宝黛真挚纯洁的爱情也是在这片净土上得以滋生、发育。

从总体上来看，当整个社会以"纲常礼教"规范人们的行为时，大观园儿女却以"情"作为人生的追求，这是曹雪芹理想的展示。

知识点滴

《红楼梦》中大多都是关于女子的描述，曹雪芹通过她们，写出了他对历史、社会、家庭、婚姻、乃至爱情等问题的见解，还有他心中的爱和恨。

曹雪芹回首往事，发现了诸多的情和爱，怨和恨，发现了不仅他本人经历了痛苦，而且还有更多的人经受了更加悲惨，更加不幸的命运。他在黑暗中努力寻找光明，他终于发现，有一群女孩是唯一的亮点。并且发现那些女子"皆出我之上"，他不忍因自己"一技无成，半生潦倒"而使裙钗泯灭。于是欣然命笔，用他心中的血眼中的泪去抒写她们，同情她们，歌颂她们。

诗词曲赋的艺术价值

《红楼梦》诗词曲赋在书中具有十分重要的地位。首先，许多重要篇章见诸回目，作者是把这些诗词曲赋作为小说的重要内容加以安排的；其次，它的数量是巨大的，前八十回各种诗词曲赋共有197首；再次，它的艺术形式多种多样，文备众体。如诗、词、曲、歌、谣、谚、赞、诔、偈语、辞赋、楹联、匾额、书启、灯谜等，应有尽有。

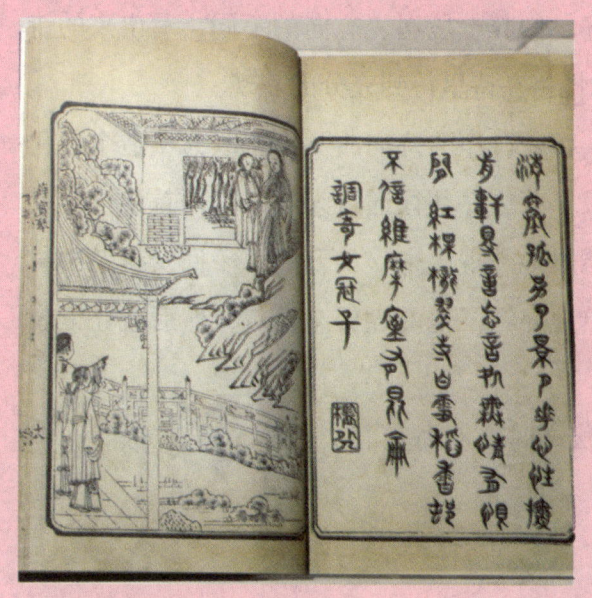

以诗而论，有五绝、七绝、五律、七律、排律、歌行、骚体；有咏怀诗、咏物诗、怀古诗、即事诗、即景诗、谜语诗、打油诗；有限题的、限韵的、限诗体的、同题分咏

踏雪寻梅
源自《红楼梦》中的故事，取意于"芦雪亭争联即景诗"的情节，描绘"琉璃世界白雪红梅"中，雪中的宝琴在栊翠庵折梅，手执红梅楚楚动人的人物形象。

的、分题合咏的；有应制体、联句体、拟古体；有拟初唐《春江花月夜》之格的；有仿中晚唐《长恨歌》《击讴歌》之体的；有师楚人《离骚》《招魂》等作而大胆创新的。

并且，诗词在深化作品的主题思想、突出结构主线、暗示故事情节的发展和人物的命运结局、塑造典型形象等方面，都起着相当重要的作用。《红楼梦》前八十回中，书中人物作的诗词曲赋共128首，占诗歌总数的65%。书中的人物由于各自性格、爱好、修养、境遇、志向的不同，写出来的诗也就"迥乎不同"，人物的性格在诗里得到充分的表现。

因此，书中那些通过人物之口作的诗词曲赋，就成为塑造个性化典型形象一个重要艺术手段。曹雪芹往往通过人物的一两首诗词，就把人物形象的本质特征浮雕般地凸现出来。如开卷第一回安排贾雨村出场时，只用极少笔墨简单地介绍了他的姓氏、籍贯，然后就让读者听他吟咏。

在文中，贾雨村在中秋之时，对月有怀，因而作了一首五言律诗，诗写道：

未卜三生愿，频添一段愁；

闷来时敛额，行去几回头。
自顾风前影，谁堪月下俦？
蟾光如有意，先上玉人楼。

然后，贾雨村又思及平生抱负，苦未逢时，乃又搔首对天长叹，复又高吟一对联写道：

玉在椟中求善价，
钗于奁内待时飞。

后来，甄士隐和贾雨村两人归坐，先是款酌慢饮，渐次谈至兴浓，不觉飞觥献斝起来。雨村此时已有七八分酒意，独兴不禁，乃对

月寓怀，也作了一首绝句，写道：

时逢三五便团圆，满把清光护玉栏；
天上一轮才捧出，人间万姓仰头看。

小说中贾雨村一共只作了这一联二诗。这一联二诗便使一个野心勃勃的穷儒形象跃然纸上。从他所吟之句中看到他急于"接履于云霄之上"，为朝廷"护玉栏"的穷急相。后来他一跃"飞腾"为"万姓仰头看"的兵部尚书后，一味贪赃枉法，欺压百姓，草菅人命，这里也已露出消息。

另外，对于林黛玉、薛宝钗的艺术形象，曹雪芹也是通过诗词表达的。

林黛玉、薛宝钗作为艺术性极高的典型形象，在文学史上将长存不衰。除了作者出色地通过她们的"行"来刻画外，也成功地以她们的"言"来刻画。吟花咏柳的诗句，是她们表露心声的一个重要途径，是她们心灵的天窗，展示出她们的心境和禀赋。

第三十七回，大观园

儿女去"海棠诗社",薛宝钗、林黛玉都写了诗。薛宝钗的《咏白海棠》写道:

珍重芳姿昼掩门,自携手瓮灌苔盆。
胭脂洗出秋阶影,冰雪招来露砌魂。
淡极始知花更艳,愁多焉得玉无痕?
欲偿白帝凭清洁,不语婷婷日又昏。

林黛玉的《咏白海棠》写道:

半卷湘帘半掩门,碾冰为土玉为盆。
偷来梨蕊三分白,借得梅花一缕魂。
月窟仙人缝缟袂,秋闺怨女拭啼痕。
娇羞默默同谁诉?倦倚西风夜已昏。

薛宝钗的诗，活脱脱地画出了她那"不语婷婷"的"珍重芳姿"，画出了一个举止端庄的淑女形象。她的"淡极始知花更艳，愁多焉得玉无痕"不仅是咏白海棠的佳句，也写出了她素朴淡雅，为人寡言罕语，安分守己，遇到旁人见怪的事情也能浑然不觉，因而博得贾府上下夸赞的个性特点。

读了林黛玉的诗，眼前就浮出一个多愁善感、孤独寂寞的少女形象。"碾冰为土""梨蕊白""梅花魂"等句，是她喜欢清净爽洁的性格的写照。"秋闺怨女拭啼痕"可以说象征了她一生。"娇羞默默同谁诉？倦倚西风夜已昏"也是她过早离丧、依人而居悲凉心境的含蓄流露。

又如第七十回大观园儿女建"桃花社"，众姐妹都填柳絮词。同样是柳絮，林黛玉看是"漂泊亦如人命薄"，薛宝钗的眼里却是"白玉堂前春解舞"，这是性格差异造成的。两人的诗，都透出了心声，展示了个性特征，给人非常清晰的印象。

假如没有这些诗篇，林妹妹不会如此生动鲜明，读者也很难为其悲凉身世和多愁善感的性格所打动，为她担忧、痛苦、流泪。

就薛宝钗来说，如果没有"珍重芳姿昼掩门""淡极始知花更艳""淡淡神会风前影""跳脱秋生腕底香""好风凭借力，送我上青云"这些从心底淌出的诗句，也不会如此丰满！

在小说中，我们常常可以读到一些就本身来说写得很不像样，但从塑造形象来说却是非常成功的诗。

在第十八回元妃省亲时，命众姐妹各题一匾一诗。贾迎春缺乏才情，绰号"二木头"，常常猜谜猜不对，行酒令错了韵。她所题的匾额是"旷性怡情"，很符合她的个性，是她凡事不计较得失，听之任之的生活态度的自然流露。

后来贾迎春勉强凑成一绝句：

园成景备特精奇，奉命羞题额旷怡。
谁信世间有此境，游来宁不畅神思？

但是内容空空洞洞，词句拙稚，不过是匾额内容的重复。诗本身是没有多少艺术价值可言的，重要的读诗见人，起到塑造形象的效

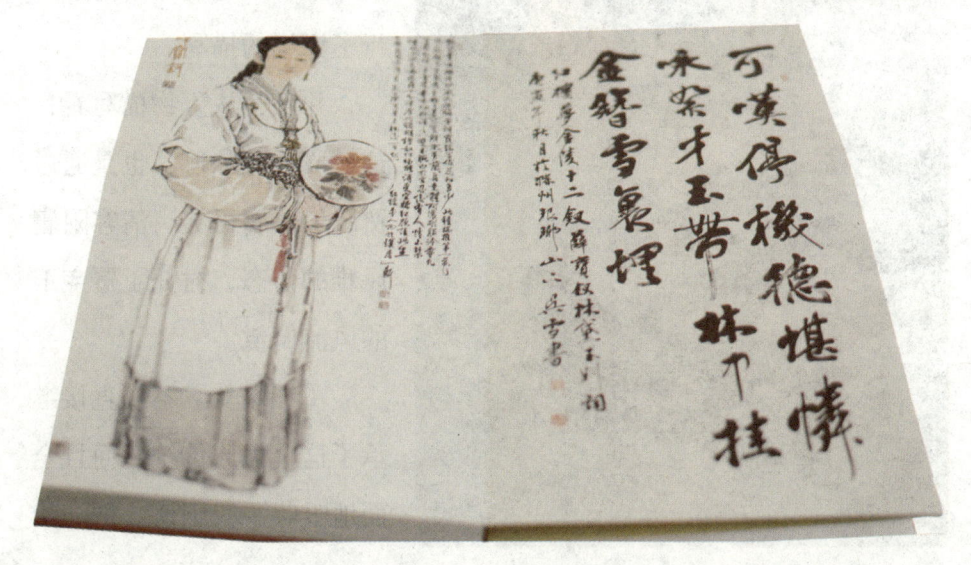

用。这些诗本身，是不能以优劣论的。

《红楼梦》的绝大多数的诗词曲赋都融合在小说的故事情节中，是整个艺术结构的一部分，对叙述文字起着补充、映照作用。

《红楼梦》第十七回写大观园工程告竣，恭迎元春。在其中的"大观园诸景题对额"里，通过贾宝玉、贾政和一班清客浏览大观园吟诗作对，对园的规模、方位、建筑布局、山水特色以极"太奢华过度"的情形进行了详细的描写。

并且，从人物描写看，这一段吟花咏柳，也是通过贾政的迂腐可笑、清客附庸风雅的俗态，衬托了贾宝玉的风流倜傥。

《红楼梦》不仅直接继承了这个民族传统，而且全面地吸收了我国诗、词、绘画等艺术经验，把在人物行动中刻画人物形象同直接用诗词刻画人物形象相结合，把叙事性同抒情性相结合，从而赋予典型形象和典型环境以诗情画意般的美感，使作品具有浓郁的抒情性。

从艺术结构来看，由于作者在叙事中恰到好处地安排了一些诗词曲赋，使得全书行云流水、舒卷自如而又跌宕起伏，节奏上具有一唱三叹之妙，达到了和谐、稳定的美学境界。

人物形象是以情感人的，而诗词是抒发感情的最强烈的音符。曹雪芹直接以诗词曲赋作为刻画人物性格的重要手段之一，使典型形象在某种意义上成为相当诗化了的人物，以其强烈的抒情性，给人以不可抗拒的艺术感染力和委婉动人的美感享受。

比如林黛玉那以花喻己、以己拟花的《葬花辞》写道：

> 尔今死去侬收葬，未卜侬身何日丧？
> 侬今葬花人笑痴，他年葬侬知是谁？
> 试看春残花渐落，便是红颜老死时，
> 一朝春尽红颜老，花落人亡两不知！

情景交融，使林黛玉在这花团锦簇的映照中，显得更加美好，她的命运也被衬托得更加凄惨，使人不能不对她寄予热烈的赞美和深切的同情。

林黛玉在病中有感于自己寄人篱下、命运多舛，不禁发于章句，写成《代别离·秋窗风雨夕》：

> 秋花惨淡秋草黄，耿耿秋灯秋夜长。

已觉秋窗秋不尽,那堪风雨助凄凉!
助秋风雨来何速?惊破秋窗秋梦绿。
抱得秋情不忍眠,自向秋屏移泪烛。
泪烛摇摇爇短檠,牵愁照恨动离情。
谁家秋院无风入?何处秋窗无雨声?
罗衾不奈秋风力,残漏声催秋雨急。
通宵脉脉复飕飕,灯前似伴离人泣。
寒烟小院转萧条,疏竹虚窗时滴沥。
不知风雨几时休,已教泪洒窗纱湿。

　　作者以秋灯秋色、秋风秋雨的凄凉景色,创造了一个画中有诗、诗中有画的意境,极其深沉、浓烈地渲染了林黛玉那多愁善感的性格特征,产生了强烈的艺术效果,让人为之鼻酸流泪。

　　在"凹晶馆联诗悲寂寞"一章中,作者写林黛玉和湘云月下联诗,由湘云的"寒塘渡鹤影",引出林黛玉的"冷月葬花魂"。不仅把林黛玉不幸的命运和高洁的性格描绘得淋漓尽致，而且也仿佛把读者带入到那个寒塘鹤影、冷月花魂的诗情画意之中。这种以诗抒情的描写，使典型环境中的典型形象产生了。

这些诗词曲赋在艺术结构上也颇具风格。由于作者把叙事与抒情、散文与韵文完美地相结合，给人一种行云流水般的轻松之感。那大大小小、彼此交织的生活画面显得那样地层见叠出，而又从容自如，一切都显得那样天造地设、浑然天成。

《红楼梦》诗词曲赋，就小说的艺术整体而言，艺术价值是很高的，它的艺术作用是多方面的。它和小说的叙事内容一起，构成了这座金碧辉煌的"红楼"的整体美。

诗词曲赋作为《红楼梦》这部文学巨著十分重要的有机部分，同样渗透着作者的心血。曹雪芹卓越的思想艺术，熔铸、锤炼了这些诗词曲赋，才使得《红楼梦》流传后世。

知识点滴

在《红楼梦》中，曹雪芹做至诗随人出、诗即其人、惟妙惟肖，而做到这一点绝非易事。作者须先在心中有各人的"声调口气"。林黛玉作《桃花行》，"宝玉看了，却滚下泪来，便知出自林黛玉"。宝琴诳他说是自己写的，宝玉说："这声调口气迥乎不象"，妹妹虽有此才，比不得林妹妹曾经离伤，作此哀音。"

林黛玉的《葬花辞》《题帕诗》《秋窗风雨夕》等诗篇，都十分细腻地表现了她那种独立又孤立、不屈又不安、热烈而又悲凉的复杂的精神世界。

独具匠心的艺术结构

《红楼梦》的结构艺术可概括为楔子引入，谶语预示，线索隐括，网络推进。

楔子引入指两个方面，一是从女娲补天故事引入的。说当时女娲补天的唯一遗石，"锻炼"后"通灵"，成为神瑛侍者，以甘露浇灌在西方灵河岸上三生石畔的绛珠仙草，以致绛珠仙草"脱却草胎木质"而成女体人形，两相产生爱情，是为"木石姻缘"。灵石化为"宝玉"下凡人间，绛珠仙草下凡成为黛玉，以眼泪还他的浇灌之恩。于是就十分自然地将天上的神话与人间故事融为一体。

二是在叙述神话故事的同时又叙述了英莲的悲剧故事，逐渐引入小说的本体。英莲不是第一层面的主人公，英莲的故事也有楔子的意味，其有两个功能。

一方面引出薛蟠夺英莲、打死冯渊，薛宝钗和母亲赴京住进贾府，让第一层面的主人公宝钗尽早出场，构成"金玉姻缘"，形成宝玉、黛玉、宝钗的三角态势，作为小说的基本情节支撑；另一方面先

写外戚、由远及近、由小至大，逐渐引入正文，避免了死板拮据的布局，起到虚敲旁击、反逆隐回的效果。

谶语预示是《红楼梦》结构艺术的最重要最伟大的创造。在小说的第五回"贾宝玉神游太虚，警幻仙曲演红楼梦"中，贾宝玉在宁国府秦可卿房中午睡入梦，警幻仙子通过"薄命司"中簿册诗与画，以及后来警幻仙子让仙女演唱的与诗画对应的"红楼梦曲"，用含混、朦胧、游离在解与不解间的谶语手法向宝玉预示贾府的女子的命运结局。

这里预示了"金陵十二钗又副册"上的晴雯、袭人，"副册"上的香菱，正册上的黛玉、宝钗、元春、探春、湘云、妙玉、迎春、惜春、凤姐、巧姐、李纨、可卿的命运结局。此后的故事，即是演绎这些的谶语，这在结构上的重要性是不言而喻的。

非但如此，这一回中还揭示了《红楼梦》的重大题旨，即《红楼梦》叙述的大观园女子的悲剧命运，因为这"金陵十二钗"的簿册是放置在"薄命司"的，饮的茶是"千红一窟"，喝的酒是"万艳同杯"，这两个名字分别对应的是"千红一哭"和"万艳同悲"，透露出了大观园女子的悲惨命运和贾府彻底败亡的结局。

这些谶语中，最为重要的是暗示了黛玉与宝钗在书中的角色地位以及与宝玉的婚恋关系的处置。在第五回的谶语中，"木石前盟"指的是贾宝玉与黛玉的婚恋悲剧，"金玉姻缘"则指的是贾宝玉与薛宝钗的悲剧。前者是因黛玉病死而未得天长地久，后者是宝玉撇下宝钗而遁入空门，一为死别，一为生离。

大观园女子的悲剧结局及贾府彻底败亡的悲剧均在贾宝玉的太虚幻境的梦境中预示。这些线索的悲剧结局，强烈地展示出曹雪芹无可企及的悲剧意识，他毫不留情地将生活中美好的，他理想中美好的东西统统撕碎、毁灭，具有极大的震撼人心的力量。

《红楼梦》在故事叙述方面采用的是网络推进，依照生活的原样，日常细节，由细节顺着事理系联、堆积着完成事情的结局的叙述，揭示生活悲剧的必然。

《红楼梦》在艺术上是采取的多线结构。它以贾宝玉作为全书的主人公，并以主人公的爱情婚姻悲剧作为贯串全书的情节故事。但是，整个小说并不是仅仅沿着这条线索发展，还描写了以贾府为代表的封建四大家族的衰亡过程，其中又集中描写荣国府。贾府的衰亡也是贯串全书的一条线索，它与前一条线索互成经纬地交织在《红楼梦》里。

从主人公的爱情婚姻悲剧来看，关于荣国府的各种描写，成为产生这一人物及其悲剧的典型环境。而从荣国府这一方面来看，主人公

的爱情悲剧又是发生在这个贵族家庭中的许多事件中的一件。

除了以上所说的以外，《红楼梦》还交织着其他许多各有起讫、自成一面、但又无不和整体交相联系的人物和事件。

如甄士隐的穷衰潦落，尤三姐的爱情悲剧，贾雨村的宦海浮沉等。曹雪芹就是把这许多千头万绪的生活场面一齐抓在手里，然后此起彼伏而又主次分明地展现了一幅气象万千、变态多姿的封建社会的历史生活图卷。

时而把读者带到潇湘馆里，听林黛玉和贾宝玉的绵绵情话，时而把读者带进小市民的社会层里，看到开药铺的卜世仁和外甥贾芸虚与委蛇的势利嘴脸；又如这里正在唱戏摆酒，为凤姐庆祝生辰；时而在荒郊外，遍体纯素的贾宝玉却在那里撮土为香，悲悼金钏儿的死亡。

又如玫瑰露失窃的事件没有结束,又发现了茯苓霜私赃,晴雯刚刚抱屈死去,迎春又碰至"中山狼",而在那边的梨香院里,薛家新过门的媳妇正闹得家翻宅乱。

《红楼梦》多方面地、立体式地把各种生活场面同时展现出来的表现艺术,其实不仅是一个艺术结构问题,也是一个有关生活本身的美学问题。本来,现实生活就像曹雪芹在《红楼梦》中所表现的那样,是一个百面贯通、交相联结的整体。

《红楼梦》并不是沿着一个侧面,一条线路把我们带进所描写的世界,更不是把一张张片断的生活图画拿给我们看。我们看到的,乃是一个纵横交错、万象纷呈的生活整体。

在那千头万绪、参差错综的生活事件后面,都有它的来龙去脉和连贯的筋络。

文中每一个生活面与另一个生活面之间,又无不呈现着多种多样的联系和意义。譬如元春归省,贾府所举行的那一场大庆祝,从一个方面来看,它是"鲜花着锦的大喜事";另一方面来看,它又是"骨肉分离,终无意趣"的悲事。又如刘姥姥游大观园,从一个方面来看，是贾府的太太，奶奶们把这个老农妇当做消闲破闷的工具戏弄了一番；换一面来看，又何尝不是"世情上经历过的"刘姥姥，把贾府的太太、奶奶们逗趣了一番。

《红楼梦》把生活的多面性、整体性以及它的内在联系性表现了出来，这也是《红楼梦》在艺术表现上的又一大特色。

《红楼梦》首尾相连，百面贯通，不但人物形象越写越活，而且全书浑然一体，几乎没有什么可以从书中单独抽取出来而不损伤周围筋络的故事，许多故事或情节都是作为一个整体的复杂组成部分而互相交错地存在着。同时，那些故事情节或人物形象又在继续不断地扩展、丰富、深化，并向一个总的方向运行，组成了一部体大思精的《红楼梦》。

知识点滴

《红楼梦》中的主人翁宝玉和黛玉都是神仙下凡，这就给这个故事披上一层神秘面纱，神话的意味就愈加浓重。

宝玉和黛玉以及其他的金陵十二钗都来路不凡，尤其是宝玉和黛玉。按佛教人有三生的观点来看，宝玉在自然界中是一块女娲补天剩下的石头，在神界中他是赤霞宫神瑛侍者，在人世则是一个顽劣不驯的少年。

黛玉的前身是西方灵河崖边三生石畔的一棵绛珠草，这棵草蒙受了神瑛侍者天天灌溉照料之恩，才得以茁壮成长，日日想着报答神瑛侍者的浇灌之恩。后来，神瑛侍者要到人间去走一遭，于是，绛珠仙草也随到人间来，用眼泪报恩。